·语文阅读推荐丛书·

革命烈士诗歌选读

王 毅／编著

人民文学出版社

图书在版编目（CIP）数据

革命烈士诗歌选读/王毅编著. —北京：人民文学出版社，2018
(2024.12重印)

（语文阅读推荐丛书）

ISBN 978-7-02-013778-7

I. ①革⋯ Ⅱ. ①王⋯ Ⅲ. ①诗集—中国—现代 Ⅳ. ①I226

中国版本图书馆 CIP 数据核字(2020)第 139412 号

责任编辑　陈建宾　李佳悦
装帧设计　李思安　崔欣晔
责任印制　王重艺

出版发行　人民文学出版社
社　　址　北京市朝内大街166号
邮政编码　100705

印　　刷　三河市鑫金马印装有限公司
经　　销　全国新华书店等

字　　数　107千字
开　　本　650毫米×920毫米　1/16
印　　张　10　插页1
印　　数　79001—82000
版　　次　2012年6月北京第1版
印　　次　2024年12月第20次印刷

书　　号　978-7-02-013778-7
定　　价　18.00元

如有印装质量问题，请与本社图书销售中心调换。电话:010-65233595

出 版 说 明

　　从 2017 年 9 月开始，在国家统一部署下，全国中小学陆续启用了教育部统编语文教科书。统编语文教科书加强了中国优秀传统文化教育、革命传统教育以及社会主义先进文化教育的内容，更加注重立德树人，鼓励学生通过大量阅读提升语文素养、涵养人文精神。人民文学出版社是新中国成立最早的大型文学专业出版机构，长期坚持以传播优秀文化为己任，立足经典，注重创新，在中外文学出版方面积累了丰厚的资源。为配合国家部署，充分发挥自身优势，为广大学生课外阅读提供服务，我社在总结以往经验的基础上，邀请专家名师，经过认真讨论、深入调研，推出了这套"语文阅读推荐丛书"。丛书收入图书百余种，绝大部分都是中小学语文课程标准和统编语文教科书推荐阅读书目，并根据阅读需要有所拓展，基本涵盖了古今中外主要的文学经典，完全能满足学生成长过程中的阅读需要，对增强孩子的语文能力、提升写作水平，都有帮助。本丛书依据的都是我社多年积累的优秀版本，品种齐全，编校精良。每书的卷首配导读文字，介绍作者生平、写作背景、作品成就与特点；卷末附知识链接，提示知识要点。

　　在丛书编辑出版过程中，统编语文教科书总主编温儒敏教授,给予了"去课程化"和帮助学生建立"阅读契约"的指导性意见,即尊重孩子的个性化阅读感受,引导他们把阅读变成一种兴趣。所以本丛书严格保证作品内容的完整性和结构的连续性,既不随意删改作品内容,也不破坏作品结构,随文安插干扰阅读的多余元素。相信这套丛书会成为广大中小学生的良师益友和家庭必备藏书。

人民文学出版社编辑部
2018 年 3 月

目　次

导读 …………………………………………… *1*

谭嗣同 2 首

　有感 …………………………………………… *1*

　狱中题壁 ……………………………………… *2*

林旭 1 首

　狱中示复生 …………………………………… *4*

陈天华 1 首

　猛回头(节选) ………………………………… *6*

邹容 1 首

　狱中答西狩 …………………………………… *8*

徐锡麟 1 首

　出塞 …………………………………………… *10*

秋瑾 2 首

　对酒 …………………………………………… *12*

　黄海舟中日人索句并见日俄战争地图 ……… *14*

宋教仁 1 首

　晚泊梁子湖 …………………………………… *16*

黄兴 1 首
　　回湘感怀 …………………………………………… 18
蔡锷 1 首
　　护国岩铭 …………………………………………… 21
陈其美 1 首
　　诗语 ………………………………………………… 23
廖仲恺 1 首
　　诀梦醒女、承志儿 ………………………………… 25
高君宇 1 首
　　我是宝剑 …………………………………………… 27
李大钊 2 首
　　其一（殿阁嵯峨接帝京） ………………………… 28
　　其二（壮别天涯未许愁） ………………………… 30
杨超 1 首
　　就义诗 ……………………………………………… 32
田波扬 1 首
　　我要 ………………………………………………… 34
姚有光 1 首
　　诗一首（我是新干姚有光） ……………………… 36
周文雍 1 首
　　绝笔诗 ……………………………………………… 38
欧阳梅生 1 首
　　试笔诗 ……………………………………………… 40
夏明翰 1 首
　　就义诗 ……………………………………………… 42

熊亨瀚 1 首
　观涛 …………………………………………… 44
赵天鹏 1 首
　诗一首（钢刀虽快）………………………… 46
罗学瓒 1 首
　自勉 …………………………………………… 48
蔡和森 1 首
　诗一首（君不见）…………………………… 50
恽代英 1 首
　狱中诗 ………………………………………… 52
杨匏安 1 首
　狱中诗 ………………………………………… 54
张剑珍 1 首
　就义诗 ………………………………………… 56
柔石 1 首
　战！…………………………………………… 58
殷夫 1 首
　别了，哥哥 …………………………………… 61
赵博生 1 首
　革命精神歌 …………………………………… 65
邓中夏 1 首
　胜利 …………………………………………… 67
吉鸿昌 1 首
　就义诗 ………………………………………… 69

瞿秋白 1 首
　　赤潮曲 …………………………………………… 71
何叔衡 1 首
　　诗一首（身上征衣杂酒痕）………………………… 73
刘伯坚 1 首
　　带镣行 …………………………………………… 75
方志敏 1 首
　　诗一首（敌人只能砍下我们的头颅）……………… 77
陈松山 1 首
　　革命的"铁砧" …………………………………… 79
赵一曼 1 首
　　滨江抒怀 ………………………………………… 81
吕大千 1 首
　　狱中遗诗 ………………………………………… 83
杨靖宇 1 首
　　东北抗日联军第一路军军歌 ……………………… 85
张自忠 1 首
　　诗一首（谁许中原与乱兵）………………………… 88
黄诚 1 首
　　亡命 ……………………………………………… 90
陈法轼 1 首
　　狱中诗 …………………………………………… 92
王凌波 1 首
　　诗一首（相识各年少）……………………………… 94

林基路1首
　囚徒歌 ·· *96*
郁达夫1首
　无题 ·· *99*
陈辉1首
　为祖国而歌 ··· *101*
李少石1首
　寄内 ·· *107*
王麓水1首
　挽李大钊烈士联 ··································· *109*
李兆麟1首
　露营之歌 ·· *111*
叶挺1首
　囚歌 ·· *114*
关向应1首
　征途 ·· *116*
罗世文1首
　诗一首(故国山河壮) ····························· *118*
闻一多1首
　一句话 ·· *120*
续范亭1首
　哭陵 ·· *123*
杨虎城1首
　诗一首(西北大风起) ····························· *125*
陈然1首
　我的"自白"书 ···································· *127*

何敬平1首
　　把牢底坐穿 ……………………………………… *129*
余祖胜1首
　　晒太阳 …………………………………………… *131*
蓝蒂裕1首
　　示儿 ……………………………………………… *133*
文泽1首
　　告别 ……………………………………………… *135*
蔡梦慰1首
　　黑牢诗篇 ………………………………………… *138*
宋绮云1首
　　歌一首（青山葱葱）……………………………… *142*

　知识链接 …………………………………………… *144*

导 读

从19世纪后期中国的变法图强开始,到20世纪初的反清革命和民国成立,再到1949年人民共和国的成立,在大半个世纪的时间里,一代接一代的革命志士,为了中国社会的变革和人民的幸福,前赴后继,献出了自己的鲜血和生命,与此同时,也留下了壮怀激烈、感人至深的言志抒怀之作。本书选编了无数烈士中的六十二人的六十五首作品。以烈士牺牲的时代来分,既有维新志士谭嗣同和林旭的作品,又有陈天华、秋瑾等反清志士的诗作,还有黄兴、蔡锷等民国共和英雄的作品,当然,更多的则是从李大钊到陈然的众多中共烈士。从1927年到1949年期间,除了牺牲的共产党人外,一些为民族解放和民主事业而献身的志士,如张自忠、杨虎城、郁达夫和闻一多的浩气长存之作,也选入本书。中共烈士的诗作,主要选自萧三编辑、1959年中国青年出版社出版的《革命烈士诗抄》和1962年增订再版的《革命烈士诗抄续编》。

选编烈士们的这些遗作,尤其是用心来品读,让人常常想起写出"人生自古谁无死,留取丹心照汗青"和《正气歌》的文天祥,想起他也是身为囚徒时的两首词。

  乾坤能大,算蛟龙、元不是池中物。风雨牢愁无著处,那更寒蛩四壁。横槊题诗,登楼作赋,万事空中雪。江流如此,方来还有英杰。 堪笑一叶漂零,重来淮水,正凉风新发。镜里朱颜都变尽,只有丹心难灭。去去龙沙,江山回首,一线青如发。故人应念,杜鹃枝上残月。

用这首《酹江月》来和难友赠词的文天祥,这样抒发自己的情怀:乾坤如此之大,想来蛟龙绝不会是池中之物。风雨如磐,牢中愁苦,更何况墙外传来了寒虫处处悲鸣。曹操那样的横槊题诗,王粲的登楼作赋,万般事端如今都已成为空中之雪!大江流逝如此,还会有英杰前仆后继的。人生就如一叶漂零,又重新来到了淮水边,正是秋风乍起的时候,镜子里人的容颜全变了,只有丹心不灭。此番前去龙沙,回首故国江山,看到的还是天地相交间那一线苍茫青色。故人别忘了,会有一只杜鹃归来,在月光下的树枝上悲啼泣血。

这样的慷慨悲歌、深情真挚、意气难平之作,在本书所选的烈士诗作中是一种基调。谭嗣同的《狱中题壁》、秋瑾的《黄海舟中日人索句并见日俄战争地图》、宋教仁的《晚泊梁子湖》、李大钊的《其二(壮别天涯未许愁)》、杨超的《就义诗》、杨匏安的《狱中诗》、刘伯坚的《带镣行》、张自忠的《诗一首(谁许中原与乱兵)》、陈法轼的《狱中诗》等等,都让人感受到《诗经》中"风雨如晦,鸡鸣不已"的深沉忧患和奋斗不息,历史视野的苍凉之感,与现实斗争中的担当勇气,融为一体。很多烈士的平日抒怀或就义之作,都由两种情感凝聚而成。一方面,面对祖国的苦难历史和今天的危急局势,发出深沉的天问:我们的民族,我们的祖国,为什么总有那么多的不幸,总要付出那么多的牺牲?另一方面,当牺牲作为必需的代价落到自己身上时,噙泪低吟就转变为高亢的信念宣布。烈士们在人生的尽头回顾一生,一是坦荡磊落,没有什么个人放不下的事情,可以从容赴难;二是壮志未酬,一腔热血,死也不甘。"多情惟此月,再照雄心酬",今晚的月亮落下,明天还会升起,一轮明月之下,一定会有革命理想的实现。在就义前夜留诗"示儿"的烈士,给自己的孩子留下了什么话?回荡在他心头——回荡在所有古今爱国者心头的,都是对这个父母之邦,这片生他养他的土地的眷恋和祝福,是让孩子热爱这片土地、奉献于这片土地的叮嘱。文学评论家们常说,好文章是血写成的,这里面有着千古不灭的道理。生死考验,由这样的生死考验而激发出来的浩然之气,百折不回,是烈士们做人的根本,也是他们赋诗言志的底色。

文天祥在潮阳拜谒唐代抗击安史之乱的两位英雄张巡和许远的庙时,还写过一首《沁园春》:

> 为子死孝,为臣死忠,死又何妨。自光岳气分,士无全节;君臣义缺,谁负刚肠。骂贼张巡,爱君许远,留取声名万古香。后来者,无二公之操,百炼之钢。　　人生翕歘云亡。好烈烈轰轰做一场。使当时卖国,甘心降虏,受人唾骂,安得流芳。古庙幽沉,仪容俨雅,枯木寒鸦几夕阳。邮亭下,有奸雄过此,仔细思量。

这首词是一篇纯粹的议论,但自有一种因忠义大节而引发出来的从容自信。需要强调的是,文天祥并不是对于赵宋王朝的愚忠,他出使元营被扣,第二天谢太后就派宰相贾余庆等人赴元营奉上降表,文天祥即抗节不屈。他有诗道:"初修降表我无名,不是随班拜舞人。谁遣附庸祈请使?要教索虏识忠臣。"支撑他的是一种信念和人格,这种信念和人格不能被死亡或是功名利禄所征服。同样,中国近现代史上的这些烈士,视死如归、从容赴死的精神支柱也是这样的信念和人格。"护国之要,惟铁与血。精诚所至,金石为裂"(蔡锷《护国岩铭》);"男儿大节,光与日争。死不畏死,生不偷生"(陈其美《诗语》);"头可断,肢可折,革命精神不可灭"(周文雍《绝笔诗》);"砍头不要紧,只要主义真。杀了夏明翰,还有后来人(夏明翰《就义诗》);"已摈忧患寻常事,留得豪情作楚囚"(恽代英《狱中诗》);"恨不抗日死,留作今日羞。国破尚如此,我何惜此头"(吉鸿昌《就义诗》);"我渴望自由,但我深深地知道——人的身躯怎能从狗洞子里爬出!"(叶挺《囚歌》);"人,不能低下高贵的头,只有怕死鬼才乞求'自由'"(陈然《我的"自白"书》)……这些名句之所以感动过千百万人也仍将继续感动更多的人,正在于一种舍生取义、杀身成仁的毫不犹豫,一种永不放弃信念的勇气和从容。

无疑,人的肉体生命决非不重要和无所谓,它对于任何人都极为珍贵,不可复得。然而,革命者生死关头面临的考验,正是肉体生命与精神生命这二者选择什么,用自己的肉体生命去赢得什么。有烈士将自己比喻为"宝剑""火花",二者给人的鲜明印象是光芒闪耀。这种闪耀来自于钢铁质的精粹及燃烧的充分,一闪即逝,惊人心魄。人的一生选择什么呢?是平庸而漫长?还是精彩而短暂?"生如闪电之耀亮,死如彗星之迅忽"的心声,成为烈士们的由衷选择。烈士们题写在监狱墙壁或吟诵于刑场之上的那些绝命之作,用最直接、最明快的语言斩钉截铁地表明了自己的选择。语言凝练,对比鲜明,义无反顾,震撼人心。

出自深沉忧患和浩然正气的烈士生命之作,除了是掷地有声、铿锵壮烈的深沉吟咏或振臂高呼外,也不乏饱浸挚情、形象传神的画面和细节,有隽永感人的诗意。

陈辉的《为祖国而歌》,用诗人独特的感觉来写,场面和细节那样富有表现力,读者被带入一个诗意世界,而这个诗意世界又是那般由衷地浸透着爱国挚情:我不是一个琴师,我深爱着你,却不能像高唱《马赛曲》的歌手一样,在火热的阳光下,在巴黎公社战斗的街垒旁,拨动六弦琴丝;我也不会骑在牛背上,弄着短笛;不会在八月的禾场上,把竹箫举起,轻轻地吹,让箫声飘过泥墙,落在河边的柳阴里;然而,当我抬起头来,瞧见了祖国那高蓝的天空,那辽阔的原野,那天边的白云悠悠地飘过,我的心啊,多么兴奋……我背起那枝陈旧的毛瑟枪,从平原走过,望见敌人的黑色炮楼,望见炮楼上飘扬的血腥的红膏药旗,我的血呵,它激荡,如同关外积雪深深的草原里,风暴般急驰而来的祖国健儿的铁骑……

李兆麟的《露营之歌》,是他和几位战友在东北抗日联军征战的沼泽地写成。铁岭绝岩,林木丛生,暴雨狂风,荒原水畔,浓荫蔽天,野雾弥漫,湿云低暗,朔风怒吼,大雪飞扬……极端恶劣的环境,写实感极强,不是亲身经历者绝写不出来;草枯金风疾,霜沾火不燃,烟火冲空起,蚊吮血透衫,足溃汗滴气喘难,敌垒频惊马不前……抗联战士在这种环境中的跋涉和生存,如同随队拍摄的纪实一样，那样真切。尤其是"火烤胸前暖，风吹背后寒"两句，白雪皑皑，寒风呼啸，战士围着篝火取暖的场景，如同一幅油画，我们仿佛看到了他们脸上的坚毅神色，听到了他们内心回响着的歌声。

蔡梦慰的名作《黑牢诗篇》，他在狱中用竹签当笔，烧几团破棉絮，用得到的黑灰调水作为墨汁，写下这样的画面："禁锢的世界，手掌般大的一块地坝，箩筛般大的一块天……送走了迷惘的黄昏，又守候着金色的黎明。墙外的山顶黄了，又绿了，多少岁月呵！"然而，"墙，这么样高！枪和刺刀构成密密的网。可以把天上的飞鸟捉光么？即使剪了翅膀，鹰，曾在哪一瞬忘记过飞翔？连一只麻雀的影子从牛肋巴窗前掠过，都禁不住要激起一阵心的跳跃……自由呵，苦难呵……是谁在用生命的指尖弹奏着这两组颤音的琴弦？鸡鸣早看天呀！一曲终了，该是天晓的时光。"黑牢囚徒们的那个世界——现实的和精神的，被描绘得这样细致、这般真切、这么深入。

是的，一个人是渺小的，但为信念和事业而奋斗，就构成了亘古长存的万里长城。又是大半个世纪过去了，从变法维新到人民共和国成立，重温那段历史进程中烈士们留下的诗作，仍然是凛然正气、火热激情和生命活力扑面而来，仍然令人热泪盈眶。这样的千古绝唱，吐气如虹，会永远让我们感动！

王　毅

（王毅，复旦大学文学博士，广东外语外贸大学南国商学院教授，辽宁师范大学教授）

谭嗣同 2 首

有　感

世间无物抵春愁，
合向苍昊一哭休。
四万万人齐下泪，
天涯何处是神州？

作者简介

　　谭嗣同(1865—1898)，字复生，湖南浏阳人。近代著名政治家、思想家，维新志士。1898 年变法失败后被杀，年仅三十三岁，为"戊戌六君子"之一。

解读

　　光绪二十二年(1896 年)，中日甲午战争之后签订《马关条约》割让台湾已是整整一年，谭嗣同写了这首《有感》。阴冷的时节，低沉的乌云，淅淅沥沥的不尽雨丝，想到天涯尽头的中国台湾岛，或许是在这样的氛围中，作者感觉今年的春愁漫漫无边，沉重压人，没有任何东西可以化解它。四万万中国人应当向苍天痛哭，追问中国未来的命运在哪里！

狱中题壁

望门投止思张俭,
忍死须臾待杜根。
我自横刀向天笑,
去留肝胆两昆仑。

解读

　　这是谭嗣同最为人知的绝命之作,题写在监狱的墙壁上。戊戌变法失败后,谭嗣同把自己的书信和文稿交给梁启超,要他东渡日本避难,说必须有人走,以图将来;也必须有人死,以唤起后来者。对于要自己逃亡避险的劝说,他的回答是:"各国变法无不从流血而成,今日中国未闻有因变法而流血者。此国之所以不昌也。有之,请自嗣同始。"被捕后,深知自己必死归宿的谭嗣同,想起了东汉时的两位著名人物,想起了自己那些已经逃亡的同志。东汉末年的张俭,因弹劾宦官,被诬结党营私,被迫逃亡。人们看重他的声望品行,都冒着危险接纳他。逃亡中的康有为、梁启超等人,也一定会受到人们的救护吧?东汉安帝时的杜根,任职郎中,因要求临朝听政的邓太后还政于皇帝,触怒太后,被命摔死,但执行人手下留情而未死。邓太后不放心,派人来检查,杜根装死达三天,眼中生蛆,太后相信他已死,不再检查。杜根终于逃亡,隐伏酒肆。邓太后死后,复官为侍御史。谭嗣同将自己视为在等候死亡的杜根。在这场决定中国命运的政治斗争中,自己生为变法而生,死为变法而死,生死去留都是一副忠肝义胆,如昆仑一样巍峨高耸。"我自横刀向天笑,去留肝胆两昆仑",一位视死如归者的豪气和自信,跃然纸上。

1898年9月28日,北京宣武门外菜市口刑场人山人海,聚集了上万人,谭嗣同、林旭、杨深秀、刘光第、杨锐、康广仁这"戊戌六君子"一同就义。谭嗣同神色不变,临终时高喊:"有心杀贼,无力回天,死得其所,快哉快哉!"他的遗骸葬在故乡浏阳城外石山下,墓前华表上是一副挽联:"亘古不磨,片石苍茫立天地;一峦挺秀,群山奔赴若波涛。"

林旭 1 首

狱中示复生

青蒲饮泣知何补，
慷慨难酬国士恩。
欲为君歌千里草，
本初健者莫轻言。

作者简介

　　林旭(1875—1898)，字暾谷，福建侯官(今福州)人。清朝末年维新派人士。变法失败后，与谭嗣同等人被害，为"戊戌六君子"之一，时年二十四岁。

解读

　　百日维新时，林旭以"才识明敏，能详究古今，以求致用，于西国政治之学，讨论最精，尤熟于交涉、商务，英年卓荦，其才具实属超群"被推荐给光绪，与谭嗣同、杨锐、刘光第一起被授予四品卿衔，在军机章京上行走，参预新政事宜，不少变法上谕出自其手笔。变法失败后，被捕入狱，他给谭嗣同写了这首诗。

"青蒲饮泣"用了《汉书·史丹传》和后汉何进的典故,原指忠臣伏在青蒲团上谏说军国大事,这里回想光绪皇帝与自己在变法上的认同,但已无力回天;"国士"指光绪,表示自己愿为光绪支持的变法献出一切,以报恩典;"千里草"是"董"字拆分,指提督董福祥,后悔没去求助他;"本初"是三国袁绍的字,隐喻袁世凯,言不该轻信他。据记载,接到光绪求救密诏后,林旭与谭嗣同在用武上意见不一致。林旭主张动用甘军首领董福祥的部队,谭嗣同则主张求助于袁世凯,结果被袁世凯出卖。林旭的这首绝命诗,感慨痛切,用典贴切,含蓄深沉,在壮志未酬的沉痛中,以深刻的教训告诫后人。

陈天华 1 首

猛 回 头（节选）

大地沉沦几百秋，
烽烟滚滚血横流。
伤心细数当时事，
同种何人雪耻仇？
……
瓜分互剖逼人来，
同种沉沦剧可哀。
太息神州今去矣，
劝君猛省莫徘徊。

作者简介

陈天华（1875—1905），湖南新化人。清末著名反清革命家、宣传家。任同盟会机关报《民报》编辑，发表众多政论和作品，引起强烈反响。尤其是《猛回头》和《警世钟》两书，以血泪之声揭露列强侵略中国和清廷卖国投降的种种罪行，风行于世，影响极大。1905 年 12 月 4 日，陈天华在东京参加了抗议日本政府《清国留学生取缔规则》的斗争,7日写绝命书,决心以死来激励国人"共讲爱国"。8日晨,在东京大森海湾投海自尽,时年三十岁。

解读

陈天华家境贫寒,母亲早逝,父亲是塾师,自幼就跟着父亲识字读书,经常向人借阅史籍类书籍,尤其喜欢传奇小说和民间说唱。所以,他擅长使用通俗文艺形式来宣传社会革命。选句为《猛回头》的开头与终篇。这部长篇说唱作品,由汉族的悠久历史与动荡,讲到帝国主义瓜分中国的危险,痛陈同胞的深重灾难,鞭笞民族败类,赞颂民族英雄;分析古今中外利弊,提出了十条革命主张,呼吁"四万万齐心决死",中华民族就一定能够"改条约,复政权,完全独立;雪仇耻,拒外族,复我衣裳","吐气扬眉,齐呼中华万岁!"这篇作品一腔挚诚,既通俗又深刻,引起强烈的社会反响。陈天华烈士的宣传影响和人格力量是如此巨大,1906年5月陈天华的灵柩运回长沙安葬,各界民众不顾官方阻挠,送葬队伍达数万人,绵延十余里。"适值夏日,学生皆着白色制服,自长沙城中望之,全山为之缟素"。

邹容1首

狱中答西狩

我兄章枚叔,
忧国心如焚。
并世无知己,
吾生苦不文。
一朝沦地狱,
何日扫妖氛?
昨夜梦和尔,
同兴革命军。

作者简介

邹容(1885—1905),重庆人。清末著名革命家。1902年赴日本留学,投身民主革命。1903年,以"革命军中马前卒"之名写成《革命军》一书,旗帜鲜明、通俗易懂地回答了中国民主革命的基本问题,提出"中华共和国"二十五政纲。1903年,章太炎因"苏报案"被捕,邹容也慷慨入狱。1905年4月3日死于上海狱中,年仅二十岁。

解读

　　《革命军》问世后风行海内外,章太炎称之为"义师先声",章士钊主笔的《苏报》誉为"国民教育之第一教科书"。1903年6月,《苏报》因宣传《革命军》被查封,章太炎等人被捕入租界狱。邹容激于义愤,自动投案,与章太炎共患难。这首《狱中答西狩》,是对章太炎《狱中赠邹容》的回赠。章太炎的原诗是:"邹容吾小弟,被发下瀛洲。快剪刀除辫,干牛肉作糇。英雄一入狱,天地亦悲秋。临命须掺手,乾坤只两头。"赞叹邹容英雄年少,为革命事业奋不顾身,表示在这生死关头两人须做顶天立地的英雄。于是,邹容写了这首答诗。"西狩"是章太炎的一个笔名,"枚叔"是章太炎的字。诗前四句真挚赞扬章太炎忧国之心和出众才华。后四句表达自己永不屈服的革命斗志:被迫入狱了,什么时候能再去战斗?昨晚做了一个梦,梦见我你共同兴起了一支革命军啊!这位"革命军中马前卒",萦绕心中的永远是革命。

徐锡麟1首

出　塞

军歌应唱大刀环,
誓灭胡奴出玉关。
只解沙场为国死,
何须马革裹尸还。

作者简介

　　徐锡麟(1873—1907),浙江绍兴人。清末反清义士。1904年在上海加入光复会。1905年冬赴日本学军,因患眼疾未能如愿。1906年归国,后任安徽巡警处会办兼巡警学堂监督。1907年7月6日,在安庆刺杀安徽巡抚恩铭,率领学生军起义,攻占军械所,激战四小时,失败被捕,英勇就义。

解读

　　徐锡麟在赴安庆上任筹划起义前,对自己的同志秋瑾等人说过这样一番话:"法国革命八十年战成,其间不知流过多少热血。我国在初创的革命阶段,亦当不惜流血以灌溉革命的花实。

我这次到安徽去,就是预备流血的,诸位切不可引以为惨而存退缩的念头才好。"起义失败的当晚,徐锡麟被杀。临刑前,先拍一幅照片,他神色自若地说:"功名富贵,非所快意,今日得此,死且不悔矣!"这样一位慷慨赴死的英雄,1905年前后"曾出山海关至奉天、吉林,再经西北诸省边疆而归",这首《出塞》就是那次壮游所作。相同的边塞景色,相似的报国情怀,显然,唐代边塞诗人那种豪迈壮阔的气概回旋在千年之后的这位爱国者心中。今天,安徽省安庆市最为繁华的人民路一端的僻静处据说是他当年的就义之处,徐锡麟的雕像就矗立在这里——一尊留长辫穿长衫戴眼镜挂手杖的石雕坐像,凝视着远方。

秋瑾 2 首

对 酒

不惜千金买宝刀,
貂裘换酒也堪豪。
一腔热血勤珍重,
洒去犹能化碧涛。

作者简介

秋瑾(1877—1907),原名秋闺瑾,东渡日本留学后改名瑾,又号鉴湖女侠,祖籍浙江山阴(今绍兴)。近代民主革命志士,先后参加过三合会、光复会、同盟会等反清革命组织。1907年,她与徐锡麟等组织光复军,拟于7月6日在浙江、安徽同时起义,事泄被捕。7月15日从容就义于绍兴轩亭口。

解读

秋瑾精于诗词,其著作辑录成《秋瑾诗词》《秋女烈士遗稿》《秋瑾集》等,这位蔑视封建礼法、提倡男女平等的革命家,性格豪爽,习文练武。这首诗写的是她在日本时的生活剪影和远大志向。这位刚烈女士,有意以痛饮、宝刀这种豪侠男性的特征向世俗观念和传统社会挑战,她曾在诗中明确写过"身不得男儿列,心却比男儿烈""休言女子非英物,夜夜龙泉壁上鸣!",表明自己的一腔热血,不能虚掷,要化为唤起祖国新生的碧涛。

黄海舟中日人索句并见日俄战争地图

万里乘云去复来,
只身东海挟春雷。
忍看图画移颜色,
肯使江山付劫灰。
浊酒不销忧国泪,
救时应仗出群才。
拼将十万头颅血,
须把乾坤力挽回。

解读

　　诗的标题写明了作者写作这首诗的起因。乘船从日本返国途中,有日本友人向自己索要诗作,自己又看到了显示帝国主义侵吞中国野心的日俄战争地图,作者激情难抑。看着轮船在辽阔大海上疾驶,想到自己的往返奔走正是为了救国救民,帝国主义战争地图上的野心岂能让其得逞?解救中国要靠众人动手,"拼将十万头颅血,须把乾坤力挽回",在社会革命中挽救衰败中国的豪情壮志,掷地有声!"危局如斯敢惜身?愿将生命作牺牲",秋瑾实践了自己的誓言。1907年7月6日,徐锡麟在安庆起义失败,10日,她已知徐失败的消息,但拒绝了要她离开绍兴的一切劝告,表示"革命要流血才会成功"。她遣散众人,毅然留守在大通学堂。14日下午,清军包围大通学堂,秋瑾被捕。她坚不吐供,只写下"秋风秋雨愁煞人"一句,第二天凌晨从容就义。

宋教仁 1 首

晚泊梁子湖

日落浦风急,
天低野树昏。
孤舟依浅渚,
秋月照征人。
家国嗟何在,
乾坤渺一身。
夜阑不成寐,
抚剑独怆神。

作者简介

　　宋教仁(1882—1913),湖南桃源人。近代民主革命家。1905 年在日本发起并参加同盟会。辛亥革命后,同盟会改组为国民党,他任代理理事长。主张成立政党内阁,以制约袁世凯。1913 年 3 月被袁世凯派人刺杀于上海东站。

解读

　　辛亥革命后,就任临时大总统的袁世凯操纵权力,宋教仁欲以议会政治来限制袁世凯的权力,这首诗就写于这一时期。从家乡省亲返回,路过湖北境内的梁子湖,暮色苍茫,疾风阵阵,秋月孤舟,作者夜不成寐。远行者思乡的孤独,革命者对国家的忧虑,二者交织在一起。夜已深了,抚摸一把象征平生大志的宝剑,思绪万千,深深的悲凉不由得涌起。

黄兴 1 首

回湘感怀

卅九年知四十非，
大风歌好不如归。
惊人事业随流水，
爱我园林想落晖。
入夜鱼龙都寂寂，
故山猿鹤正依依。
苍茫独立无端感，
时有清风振我衣。

作者简介

　　黄兴（1874—1916），字克强，湖南省长沙人。近代民主革命家，中华民国创建者之一，与孙中山一起被时人以"孙黄"并称。1916 年 10 月 31 日，在上海因胃病去世。1917 年 4 月 15 日，以民国元老之尊国葬于湖南长沙岳麓山。著作有《黄克强先生全集》等。

解读

在长沙县黄兴镇凉塘黄兴故居,有水塘三口,塘边花红柳绿,草木扶疏。隔着门前那口最大的水塘,依稀可见黄兴故居院落中一棵绿油油的硕大桂花树。水塘是活水,与浏阳河下游交汇,清澈可鉴。每到酷暑,蔽日浓荫和一泓碧水为这里送来清凉,于是得名凉塘。1896年二十二岁的黄兴考中秀才,走出凉塘,先是在武昌两湖书院学习,后留学日本,1903年回国,组织华兴会,走上反清革命道路。作为革命党中的"实行家",他亲自组织和指挥了众多武装起义,见证了同盟会成立、维护共和、讨袁护国等一系列重大历史事件。1912年10月25日,黄兴选择自己三十九虚岁生日的这一天,从上海乘船返回湖南。抵达长沙时,他受到家乡数万人欢迎,学生们集体高歌:"暸秋时节黄花黄,大好英雄返故乡。一手缔造共和国,洞庭衡岳生荣光。"此时,辛亥革命大功告成,虽是袁世凯当权,但共和体制毕竟已经建立。平生推崇"笃实""无我"的这位民国建国元勋,不贪功,不恋权,有了一种功成身退、归隐家山的内心情怀:三十九岁的人能够洞察人生了,刘邦的大风歌虽然豪放,似也不如陶渊明的归隐园田;做过的一番大事业不妨随屋前流水而去,自家园林的落日余晖是那样令人沉醉;夜深时,鱼和龙都安静了;故乡山丘上,猿和鹤正恋恋不舍;一个人面对这片苍茫天地万千思绪,只有清风拂动我的衣襟。担任中华民国军政府参谋长的李书城,长期追随黄兴,曾这样概括他的性格:"克强总是个最平实的人,做事有功不居,光明磊落;作战身先士卒,爱护袍泽;做人推诚务实,容忍谦恭;受谤不言诠,受害不怨尤;不道人之短,不说己之长。"黄兴病逝后,章太炎以"无公乃无民国,有史必有斯人"一联挽之。如今,黄兴故居堂屋东西两侧的墙壁,仍然悬挂着他的手迹,正是"笃实"和"无我"。

蔡锷1首

护国岩铭

护国之要,惟铁与血。
精诚所至,金石为裂。
嗟彼袁逆,炎隆耀赫。
曾几何时,光沉响绝。
天厌凶残,人诛秽德。
叙泸之役,鬼泣神号。
出奇制胜,士勇兵骁。
鏖战匝月,逆锋大挠。
河山永定,凯歌声高。
勒铭危石,以励同袍。

作者简介

蔡锷(1882—1916),字松坡,湖南邵阳人。曾入日本士官学校学习,回国后训练新军。1911年武昌起义爆发,在昆明举兵响应,任云南都督。1913年被袁世凯软禁于北京,1915年潜回云南,组织护国军讨袁。入川与袁军激战,力败袁军。旋任四川督军。后因病赴日本就医,病逝于东京。

解读

　　《护国岩铭》写于 1916 年,蔡锷在这篇铭文的序中谈到此作的历史背景。1915 年 12 月袁世凯称帝,蔡锷在云南组建护国军北伐讨袁,经贵州入川,1916 年 2 月中旬在泸州纳溪一带,与袁军血战一月,退敌北伐。随之,广东广西等地也起兵反袁,袁世凯被迫宣布废除帝制。不久,在举国一片谴责之中,袁世凯死去。在护国战争中起到了主导作用的蔡锷,胜利后和几位朋友重游此地,感叹道:"江山如故,顿阅兴亡,乃叹诈力之不足恃,而公理之可信,如此,岂非天哉!……天不可得而名,吾以名兹岩云尔。"于是,挥毫题写了"护国岩"三个大字,并撰写了《护国岩铭》,书写在永宁河边岸壁上。此地也更名为护国镇,现在这处护国岩摩崖石刻已是四川省重点文物保护单位。"护国之要,惟铁与血。精诚所至,金石为裂",保护国家的民主政体,要靠铁的实力,更要靠血的精诚,这篇言简意赅、沉雄有力的《护国岩铭》道出了这位护国英雄的心声。

陈其美 1 首

诗 语

死不畏死,生不偷生。
男儿大节,光与日争。
道之苟直,不惮鼎烹。
渺然一身,万里长城。

作者简介

陈其美(1878—1916),字英士,浙江湖州人。近代民主革命志士,辛亥革命和讨袁战争时期出力甚多。1916 年 5 月 18 日,被袁世凯收买的张宗昌派人暗杀于上海,年仅三十八岁。遇难之后,孙中山赞扬他是"革命首功之臣"。

解读

陈其美没有留下什么著名的诗作,但他习惯于用工整铿锵的韵语来勉励自己和勉励他人。他有一句口头禅:"丈夫不怕死,怕在事不成。"为朋友题词书赠,他常写这样的句子:"有万夫不当之慨,无一事自足于怀。"这几句诗话,也是他爱写的。

"死不畏死,生不偷生",话很简单,口语爽快,男子汉可与太阳争辉的大节,为了自己所信仰的"道"而不怕鼎烹的英勇,呼之欲出。一个人是渺小的,但为信念和事业而奋斗,就构成了亘古长存的万里长城。

廖仲恺 1 首

诀梦醒女、承志儿

女勿悲，
儿勿啼，
阿爹去矣不言归。
欲要阿爹喜，
阿女阿儿惜身体。
欲要阿爹乐，
阿女阿儿勤苦学。
阿爹苦乐与前同，
只欠从前一躯壳。
躯壳本是臭皮囊，
百岁会当委沟壑。
人生最重是精神，
精神日新德日新。
尚有一言须记取，
留汝哀思事母亲。

作者简介

廖仲恺(1877—1925),广东惠阳人,生于美国旧金山华侨家庭。近代民主革命家,中国国民党左派领袖。1923年协助孙中山联俄联共扶助农工三大政策,协助改组国民党,为实现国共两党第一次合作作出重要贡献。历任国民党中央执委、常委、黄埔军校党代表、广东省省长、财政部长、军需总监、大元帅秘书长等职。1925年8月20日在国民党中央党部被暴徒刺杀。

解读

1922年,广东军阀陈炯明背叛孙中山,炮轰总统府,震惊朝野。在这一事变中,廖仲恺被陈炯明扣押,险遭杀害。被关押期间,廖仲恺写下诀别妻儿的三首诗,两首七言绝句留给妻子,这一首写给长女廖梦醒和幼子廖承志。局势突变,廖仲恺自忖必死,给自己深爱的儿女留下什么话呢?不必对他们隐瞒父亲已死的事实,让他们不要悲啼,爱惜身体,勤奋学习,这才是父亲最愿意看到的。九泉之下,父亲的喜怒哀乐与活着时一样,只是没有了这个肉体,但这个肉体有那么重要吗?任何人百年之后都会消失的。"人生最重是精神,精神日新德日新",这既是父亲自己的自我激励,更是对孩子语重心长的教诲。还有一句话要交待,把你们对父亲的哀思变成对母亲的侍奉吧。革命者的坚定信念与为父为夫者的仁爱之心,以父亲给儿女留言的亲切诚挚出之,感人至深。

高君宇1首

我是宝剑

我是宝剑,
我是火花,
我愿生如闪电之耀亮,
我愿死如彗星之迅忽。

作者简介

高君宇(1896—1925),原名高尚德,山西省静乐县(今娄烦)人。"五四"运动时为北京大学学生会负责人,1921年加入中国共产党,曾担任孙中山的秘书。1925年3月因病逝世,年仅二十九岁。

解读

这是一首明快决断的言志之作。"宝剑""火花"给人的鲜明印象是光芒闪耀,这种闪耀是因钢铁的精粹和燃烧的充分而来,一闪即逝,惊人心魄。革命者的一生会是什么?平庸而漫长吗?还是精彩而短暂?作者当然是领悟于后者,所以有了"生如闪电之耀亮,死如彗星之迅忽"的由衷心声。

李大钊 2 首

其 一

　　玉泉流贯颐和园墙根,潺潺有声,闻通三海。禁城等水,皆溯流于此。

　　　　殿阁嵯峨接帝京,
　　　　阿房当日苦经营。
　　　　只今犹听宫墙水,
　　　　耗尽民膏是此声。

作者简介

　　李大钊(1889—1927),字守常,河北乐亭人。曾任北京大学教授和图书馆主任,《新青年》杂志编辑。中国共产党的创始人之一,新文化运动和"五四"爱国运动的组织者和领导者,对中国早期马克思主义的传播起过重要作用。1922 年在中国共产党的第二次全国代表大会上被选为中央委员。曾任中共北方区委书记,领导北方的工人运动和革命斗争。1927 年 4 月 6 日,奉系军阀张作霖逮捕了李大钊,于 4 月 28 日用绞刑杀害。

在绞架面前,李大钊作了最后一次演讲,表达自己的坚定信念,从容就义。遗著有《李大钊选集》等。

解读

　　玉泉山的泉水,在颐和园墙边潺潺流过。据说流到了城内的中海、南海和北海,连紫禁城的水也来自这里。千年帝都,殿阁嵯峨,如此奢华的颐和园,是当年慈禧太后为了做寿,用海军经费建造的,当年秦始皇的阿房宫不也是这样吗?统治者穷奢极欲,耗尽民脂民膏,让人民陷于巨大痛苦之中,但等待他们的必定是被人民的反抗所推翻,阿房宫终将被熊熊大火所吞没。作者触景生情,沉吟中自然地融入自己对社会和历史发展的深入观察和思考。

其 二

　　丙辰春,再至江户。幼蘅将返国,同人招至神田酒家小饮,风雨一楼,互有酬答。辞间均见风雨楼三字,相约再造神州后,筑高楼以作纪念,应名为神州风雨楼,遂本此意,口占一绝,并送幼蘅云。

　　　　壮别天涯未许愁,
　　　　尽将离恨付东流。
　　　　何当痛饮黄龙府,
　　　　高筑神州风雨楼。

解读

　　1916年的丙辰年,此时袁世凯已窃国称帝,李大钊在上年底回上海后,没有机会参加讨袁军,于这年春天又到日本江户。友人幼蘅要回国去了,朋友们为他饯行。席间诗词酬答,大家都使用了"风雨楼"一词。此时此刻,此情此景,回旋在大家心头的是《诗经》中"风雨如晦,鸡鸣不已"的深沉忧患和奋斗不息。朋友们约定,重建中国之后,要筑一座高楼,就叫"神州风雨楼",作为纪念。朋友们的发誓兴国,让作者随口吟成了这首七言绝句。传统送别之作中的离愁别恨仍在——毕竟不舍好友离去,但更多的是期待和豪兴。南宋岳飞在抗金战斗中,曾对将士说"直捣黄龙,与诸君痛饮",消灭了窃国大盗袁世凯,也要祝捷痛饮。好友的离别又算得了什么呢?眺望波涛起伏的无边大海,海那边的一个新中国才是我们的共同理想。

杨超 1 首

就 义 诗

满天风雪满天愁,
革命何须怕断头?
留得子胥豪气在,
三年归报楚王仇!

作者简介

  杨超(1904—1927),江西德安人。1923 年在南京东南大学附中读书时加入共产主义青年团,1925 年在北京大学加入中国共产党。1926 年由党派回江西担任中共江西省委委员,后赴德安担任中共县委书记,又在南昌、武昌、河南等地工作。1927 年 10 月在九江被国民党特务逮捕,12 月 27 日在南昌市德胜门外下沙窝牺牲。

解读

  这首名作,是杨超烈士就义时高声诵出的。12 月的寒冬,大雪纷飞之中,面对刑场上环立的行刑手,二十多岁的年轻生命就要结束了。他想到了什么？春秋时代的伍子胥，父亲和哥哥屈死，他历尽艰辛，最终领兵打进楚国京城，对楚平王掘墓鞭尸，雪恨报仇。"革命何须怕断头"，有着伍子胥般的正义和信念，革命终将胜利，鲜血不会白流，血债必将向敌人讨还。一个人永不放弃信念的勇气和从容，是这般掷地有声，铿锵壮烈。

田波扬 1 首

我　要

我要放出更强烈的火光，
照破人世间的虚伪和欺诈。
我要锻炼成尖锐的小刀，
刺破人与人之间的隔膜。

1922 年 11 月 2 日晚

作者简介

田波扬(1904—1927)，湖南浏阳人。1922 年 5 月加入中国共产党，1926 年任共青团湖南省委书记。1927 年因地下机关被破获而被捕，6 月 6 日与夫人陈章甫一起就义于长沙火车站。

解读

回顾历史，许多革命者之所以走上革命道路，倒不完全是因为自身在经济上的被压迫被剥削，无法生存，而是难以忍受令人窒息的社会制度、社会氛围。这种精神上的桎梏与人期待自由平等善良的天性是本质冲突的。人世间的虚伪和欺诈，人与人之间的隔膜,应该被强光所照破,应该为尖刀所刺破,作者这首作品,揭示了革命者内心在精神层面上的使命感。

姚有光1首

诗 一 首

我是新干姚有光,
轻摇竹筏往南昌。
多谢你们有心送,
到处设卡和站岗。

作者简介

姚有光(1906—1927),江西新干人。1926年加入中国共产党,1927年参加南昌起义。起义失败后,留在南昌工作,不畏艰险,经常摇竹筏出入南昌一带,从事革命活动。1927年10月被捕牺牲。

解读

在革命烈士留下的诗作中,姚有光的这一首与众不同,饶有风趣。在白色恐怖下,他曾巧妙地藏身于辣椒麻袋中,乘坐木排下南昌,躲过敌人搜捕。胜利完成转移任务后,他写了这首诗。在作者看来,敌人虽然布下了天罗地网,但却漏洞百出,无法阻止革命者的自由行动。革命者机智穿越敌人封锁线之后,对愚蠢敌人劳而无功的嘲笑,对自己一方在智力和行动效率上远远高于敌人的自豪,以轻松诙谐的语言道出。一个"轻"字,一个"谢"字,何等传神!

周文雍1首

绝 笔 诗

头可断,肢可折,
革命精神不可灭。
壮士头颅为党落,
好汉身躯为群裂。

作者简介

　　周文雍(1905—1928),广东开平人。中共党员,1927年12月广州起义时,曾任广州苏维埃劳动委员和工人赤卫队总指挥。1928年春,他和假称夫妻关系一起坚持地下工作的陈铁军同时被捕,同年遇害。

解读

　　周文雍和陈铁军的"刑场上的婚礼"已经是一个令后人肃然起敬的传奇。当法官宣判他和陈影萍(陈铁军化名)死刑时,两人神态自若。法官问周文雍有什么要求,他提出和妻子陈影萍照一幅合影,得到了应允,两人并肩在铁窗下照了一张相。

1928年2月6日,元宵节的下午,天空下着毛毛细雨,寒风刺骨。周文雍、陈铁军从监狱被押赴红花岗刑场,沿途高喊革命口号,高唱《国际歌》。在刑场上,他们向群众作了最后一次演讲,陈铁军当众宣布和周文雍结婚:"让反动派的枪声,来作为我们结婚的礼炮吧!"这样的从容就义,感动得许多群众掩面哭泣。无疑,人的肉体生命决非不重要和无所谓,它对于任何人都极为珍贵,不可复得。然而,革命者生死关头面临的考验,正是肉体生命与精神生命这二者选择什么,用自己的肉体生命去赢得什么。周文雍烈士题写在监狱墙壁上的这首诗,用最直接、最明快的语言将此揭示出来,斩钉截铁地表明了自己的选择。语言凝练,对比鲜明,义无反顾,震撼人心。

欧阳梅生 1 首

试 笔 诗

中国一团黑，
悲嚎不忍闻。
愿为刀下鬼，
换取真太平。

作者简介

  欧阳梅生(1895—1928)，湖南湘潭人。1926 年加入中国共产党。曾任湖南全国总工会秘书长、中共湖北省委秘书、中共汉阳县委委员。1928 年初病逝。

解读

  与多数烈士诗作涌发于监狱或刑场不同，这首《试笔诗》的产生有一个故事。1924 年，当时还没有加入共产党的作者，有一次去买毛笔。在试笔的时候，他无意之中发现笔杆上刻有"太平笔庄制"几个字。这样一个产地的介绍，竟然刹那间引发他万千思绪。他忿然地说："如今伸出手看不见五指，一片漆黑。有钱的打打杀杀,好像疯狗抢骨。中国这么大,没有半块地方是安静的,这叫做什么'太平'!"说罢,他就用刀将笔上"太平"两字刮掉,并且立时作了这首诗。愤怒出诗人,真挚出作者,这首《试笔诗》正是如此!这支被作者愤怒刮掉了"太平"的毛笔,被烈士的一位好友收存到解放以后,1959年4月,他将此笔寄给了烈士的夫人,现由中国革命历史博物馆收藏。

夏明翰1首

就 义 诗

砍头不要紧，
只要主义真。
杀了夏明翰，
还有后来人。

作者简介

　　夏明翰（1900—1928），湖南衡阳人。"五四"运动时，是衡阳学生联合会的领导者。1920年到长沙，从事学生爱国运动。1925年以后，担任中共湖南省委委员，后任湖北省委委员。1928年2月8日被国民党逮捕，次日即遭杀害。

解读

　　这首质朴的五言诗，从诗歌艺术的角度来讲，没有任何推敲打磨的讲究之处，完全是生死关头脑海中涌现的几句话。烈士临刑前，监斩官问他："有无遗言？"他喝令敌人拿来纸笔，疾书了这首正气凛然的《就义诗》。它之所以感动过也仍将继续感动千百万人,就在于一种舍生取义、杀身成仁的鲜明抉择、毫不犹豫。坚信自己所信仰的主义,认定这种主义为真理,深知这种主义在人民中的巨大感召力,自己为它而死,必然会唤醒无数后来人。所以,自己的牺牲就不要紧了。

熊亨瀚 1 首

观 涛

大江东去,
浩荡谁能拒!
吾道终当行九域,
慷慨以身相许。

大孤山下停桡,
小孤山上观涛,
热血也如潮涌,
时时滚滚滔滔。

作者简介

　　熊亨瀚(1894—1928),湖南省桃江县人。早年参加民主革命运动,1926 年加入中国共产党。1928 年 11 月,在武汉鹦鹉洲不幸被捕,旋即被害。

解读

　　一条奔涌不息的大江，往往引发人们的哲理感悟。这首《观涛》，是作者为革命工作奔波途中，看着长江上一浪接一浪的波涛有感而作。大江滔滔，朝东流去，有谁能够挡住？自己参与其中的革命事业，不也正如这大江一般吗？中国古书记载，古分天下为九州，亦称九域。看着这浩荡江水流向辽阔远方，作者联想到自己的事业最终一定会在全中国胜利，为它献出自己的生命是何等庄严神圣。大孤山在江西省九江市东南鄱阳湖中，是湖水流入长江之处，作者乘的船在这里有过停靠；小孤山在江西省彭泽县北长江中，与大孤山遥遥相对，作者在这里眺望长江波涛。想到革命事业如同滚滚长江的壮阔伟大，想到如今面临的艰难险阻，作者感觉自己身上的热血也如同潮涌，对革命必然胜利的信心，对反动派的蔑视与忿恨，喷薄而出。熊亨瀚被捕后，湖南省政府主席何键以"'熊亨瀚'三个字，就是罪证，不必更问，枪决就是"，下令立即行刑。28日清晨，熊亨瀚就义于长沙浏阳门外识字岭。

赵天鹏 1 首

诗 一 首

钢刀虽快,
杀不尽天下平民;
鱼网虽大,
捉不尽东海之鱼。

作者简介

赵天鹏(1903—1929),江苏南汇(现属上海)人。曾任中共南汇县委委员,1929 年春牺牲。

解读

这是作者被捕之后,在就义的路上朗诵的。短短四句话,之所以被人们记住,流传下来,就在于它既形象又深刻地表达一位从容就义者的坚定信念,让人听之难忘,让人反复传诵。把屠杀与搜捕比作钢刀和鱼网,这非常贴切,形象地描绘了反动派的凶残和猖狂。作者按照这种形象比喻的思路,顺理成章地朝前推导,自然而然地得出一个逻辑结论:再锋利的钢刀,也不可能杀尽所有人;再大的鱼网,也不可能捉尽海中鱼。这样的道理有谁能够否认呢?它的说服力和感染力就在这里。解放后,在上海奉贤县南四团镇的烈士就义之处,建起了一座纪念碑,就刻上了这首诗。

罗学瓒 1 首

自 勉

书此以为异日遇艰难时之反省也。

不患不能柔,
惟患不能刚;
惟刚斯不惧,
惟刚斯有为。
将肩挑日月,
天地等尘埃。
何言乎富贵,
赤胆为将来。

作者简介

　　罗学瓒(1893—1930),湖南湘潭人。共产党员。1918 年参加"新民学会",1919 年赴法勤工俭学,1922 年回国,先后在湖南省总工会、中共湖南省委工作。曾任中共湖南醴陵县委书记、湘潭县委书记。1929 年在中共浙江省委工作时被捕,1930 年在杭州被国民党反动派杀害。

解读

　　这首自勉之作,是罗学瓒在湖南第一师范读书时写的。为什么要给自己留下这样几句话?作者说得很清楚:为将来自己遇到艰难险阻时起到警醒勉励而写。可见作者对自己要去承担的使命和必然遇到的艰险已有足够的心理准备。在此时还算安宁的读书学习期间,他就提前勉励自己:一个人要做到随波逐流的"柔"很容易,要做到反抗黑暗社会的"刚"就难了。只有具备了这种刚强才会无所畏惧,只有具备了这种刚强才能有所作为。承担了改天换地的伟大使命,自己的视野就会无比开阔。富贵之类的话根本不值一提了,忠心赤胆为的是中国的将来。

蔡和森1首

诗 一 首

君不见,
武王伐纣汤伐桀,
革命功劳名赫赫。
又不见,
詹姆斯被民众弃,
查理士死民众手。
路易十四招民怨,
路易十六终上断头台。
俄国沙皇尼古拉,
偕同妻儿伴狗死。
民气伸长除暴君,
古今中外率如此。
能识时务为俊杰,
莫学冬烘迂夫子。

作者简介

蔡和森(1895—1931),湖南湘乡人。1918年与毛泽东创建"新民学会",1919年赴法国勤工俭学,为建立中国共产党作出卓越贡献。1921年回国后,曾任中央机关报《向导》周刊主编、中共中央委员、中央政治局委员、中共中央北方局书记等职。1931年赴香港指导广东党的工作,6月11日上午去海员工会参加会议时被捕,惨遭杀害。

解读

这首诗作于1918年初。俄国十月革命消息传来,蔡和森极为兴奋,在一位好友的笔记本上写下这首诗。商汤推翻了夏朝最后那位暴君桀,武王讨伐商朝最后的暴君纣;英国国王查理二世之弟詹姆斯因民众反对,逃往法国;英国斯图亚特王朝的国王查理士被民众推翻,将其处死;法国波旁王朝的两位国王路易十四和路易十六因腐朽残暴被人民反抗,路易十六被处死;俄国沙皇尼古拉1917年3月被人民推翻,十月革命后一家人被处死。人民的意愿一旦被释放,暴君们就要被除掉,古今中外都是如此。奉劝人们要明白世界历史的这种大势所趋,千万不要做那种头脑冬烘的迂腐之人。社会革命是必然要爆发的,因为有压迫必然就有反抗,当星星点点的反抗汇集成历史大潮时,革命就来临了。社会革命的历史合理性,蔡和森这样的革命者从一种历史视野中深刻领悟,从而进一步强化了自己的信念。

恽代英 1 首

狱 中 诗

浪迹江湖忆旧游,
故人生死各千秋,
已拚忧患寻常事,
留得豪情作楚囚。

作者简介

　　恽代英(1895—1931),江苏武进人。1923 年被选为中国共产主义青年团中央委员,曾任团中央宣传部长兼《中国青年》主编,1926 年任黄埔军官学校政治总教官,先后参加南昌起义和广州起义,1928 年后在党中央宣传部工作。1930 年在上海被捕,1931 年 4 月在南京被害。

解读

　　烈士们留下的诗作中,很多都是狱中诗或就义诗。知道自己已经走到了生命的最后关口,以诗言志,口占一首,随口吟出,回旋在烈士脑海中的是自己这一生的高度概括,是为信念而献身的从容无悔,是对后继有人的欣慰和勉励。此时此刻,恽代英想起了自己这一生。他生于武昌,在武昌中华大学文学系毕业后,以撰文和演说鼓动著称,"五四"运动时成为武汉学生运动的领导者之一,并在湖北创办了"利群书社"和"共存社",团结进步青年。在担任共青团中央宣传部长兼《中国青年》主编期间,以其雄辩的才能、生动的文章、热忱的关怀,教育了广大革命青年。自己一生四处奔波,漂泊不定,交游甚广,朋友众多,他们现在都在做什么呢?老朋友们都有自己的命运啊。革命者已经不把个人的忧患放在心上,这是很自然的;春秋时的楚国人被晋国俘虏,但仍然戴着南方样式的帽子,以表达对故国的怀念,自己也是囚徒,革命者的豪情也丝毫不减。

杨匏安 1 首

狱 中 诗

慷慨登车去，
临难节独全。
余生无足恋，
大敌正当前。
投止穷张俭，
迟行笑褚渊。
者番成永诀，
相视莫潸然。

作者简介

杨匏安（1896—1931），广东中山人。1927 年在中国共产党第五次全国代表大会上被选为中央委员。1931 年，杨匏安等十余人被国民党逮捕，关押于上海龙华警备司令部内，不久即被杀害。

解读

　　这也是一首狱中之作,是作者在就义前夕写给狱中难友的。就要登上囚车走向刑场了,涌现在胸中的是一股慷慨正气:面对死亡,自己坚持了革命气节,想想这个肉体生命并不值得留恋,可惜的是大敌当前,不能再去战斗了。东汉桓帝时期的张俭,因上疏抨击宦官而被迫逃亡,人们看重他的声望品行,甘愿冒着危险接纳他;南北朝时的褚渊为宋明帝所信任,但他却出卖幼主投靠了萧道成,被世人所讥讽。前者因人品高尚而受人尊重,后者因毫无气节而遭人唾骂,被捕者中也有人经受不住严刑拷问而丧失气节,出卖同志,而杨鲍安想到的是在《狱中题壁》中写到了张俭的谭嗣同,是他那"我自横刀向天笑",褚渊那样的人终归是被人耻笑的。从容不迫地登上刑车,这一走就成永别了,我们不要用伤心的泪水来告别吧。

张剑珍1首

就 义 诗

人人喊伢(我)共产嫲,
死都唔(不)嫁张九华!
红白总要分胜负,
白花谢了开红花!

作者简介

张剑珍(1911—1931),女,广东五华县双华乡人。第一次国内革命战争时期的宣传员,后被敌人杀害。

解读

第一次国共合作时期,张剑珍参加了农会,并刻苦学习文化。她才思敏捷,善唱山歌,任农会宣传员,编唱革命歌谣,唤醒群众参加工农革命。革命低潮时期,她去寻找组织,地下党负责人见她是女同志,怕她适应不了艰苦恶劣的环境,婉言劝她回去,她出口答唱:"一条山路曲弯弯,涯今来到八乡山。一条心肝为革命,来时容易转时难。"红军撤离后,张剑珍不幸被捕。

五华县警大队长张九华亲自率队将她押回县城审讯,见张剑珍年轻美貌,意欲劝降纳为妾,遭到严词拒绝。张剑珍用山歌的语言道出了自己的坚贞:人人都管我叫共产党的女子,我死都不会嫁给你这个张九华!"红白总要分胜负,白花谢了开红花!"国民党的白方和共产党的红方早晚要分出来胜负,白花一定会凋谢,红花一定会盛开。不久,张剑珍在五华县城从容就义,时年仅二十岁。这位质朴而坚强的乡村女子,用田野中最常见的自然现象表达自己的坚定信念。

柔石1首

战！

尘沙驱散了天上的风云，
尘沙埋没了人间的花草；
太阳呀，呜咽在灰黯的山头，
孩子呀，向着古洞深林中奔跑！

陌巷与街衢，
遍是高冠大面者的蹄迹，
肃杀严刻的兵威，
利于三冬刺骨的飞雪！

真的男儿呀，醒来罢，
炸弹！手枪！
匕首！毒箭！
古今武器，罗列在面前，
天上的恶魔与神兵，
也齐来助人类战，

战！

火花如流电，
血泛如洪泉，
骨堆成了山，
肉腐成肥田。
未来子孙们的福荫之宅，
就筑在明月所清照的湖边。

呵！战！
剐心也不变！
砍首也不变！
只愿锦绣的山河，
还我锦绣的面！
呵！战！
努力冲锋，
战！

1925年7月8日夜

作者简介

　　柔石(1901—1931)，原名赵平复，浙江宁海人。共产党员，作家。1928年到上海从事革命文学运动，曾任《语丝》编辑，并与鲁迅同办"朝花社"。1930年3月中国左翼作家联盟成立，柔石任执行委员、编辑部主任。1931年1月在上海被捕，同年2月7日与殷夫等二十三人一同遇害。鲁迅写有《为了忘却的记念》,悼念他和其他死难烈士。遗著有《柔石选集》。

解读

  这首《战!》具有鲜明的时代特征。1925年的中国处在一个军阀混战的时代,柔石有感于祖国大地上的苦难,以凝练的象征手法加以抨击:尘沙蔽天,太阳呜咽,江山一片灰暗,孩子们逃向古洞深林!道貌岸然、脑满肠肥的统治者巡行于街市,杀人的军队令人不寒而栗,他们用尽古今万般武器在激战,仿佛天上的恶魔神兵也下来助战。战火纷飞,血流如泉,尸骨成山,肉腐肥田;而这些压迫者,竟想把未来子孙的福荫之宅,建造在明月清照的湖边!这是多么严酷的对比啊!面对着这般现实,"真的男儿呀,醒来吧",以战对战,为锦绣山河恢复它的锦绣而战,剜心不变,砍头不变,努力冲锋!一个"战"字,是诗人写作此诗的深深情结,它既是对军阀混战的愤怒斥责,又是对人民反抗的大声疾呼。

殷夫 1 首

别了,哥哥

(算作是向一个"阶级"的告别词吧!)

别了,我最亲爱的哥哥,
你的来函促成了我的决心,
恨的是不能握一握最后的手,
再独立地向前途踏进。

二十年来手足的爱和怜,
二十年来的保护和抚养,
请在这最后的一滴泪水里,
收回吧,作为噩梦一场。

你诚意的教导使我感激,
你牺牲的培植使我钦佩,
但这不能留住我不向你告别,

我不能不向别方转变。

在你的一方,哟,哥哥,
有的是,安逸,功业和名号,
是治者们荣赏的爵禄,
或是薄纸糊成的高帽。

只要我,答应一声说,
"我进去听指示的圈套,"
我很容易能够获得一切,
从名号直至纸帽。

但你的弟弟现在饥渴,
饥渴着的是永久的真理,
不要荣誉,不要功建,
只望向真理的王国进礼。

因此机械的悲鸣扰了他的美梦,
因此劳苦群众的呼号震动心灵,
因此他尽日尽夜地忧愁,
想做个普罗米修士偷给人间以光明。

真理和忿怒使他强硬,
他再不怕天帝的咆哮,
他要牺牲去他的生命,

更不要那纸糊的高帽。

这,就是你弟弟的前途,
这前途满站着危崖荆棘,
又有的是黑的死,和白的骨,
又有的是砭人肌筋的冰雹风雪。

但他决心要踏上前去,
真理的伟光在地平线下闪照,
死的恐怖都辟易远退,
热的心火会把冰雪溶消。

别了,哥哥,别了,
此后各走前途,
再见的机会是在,
当我们和你隶属着的阶级交了战火。

1929.4.12

作者简介

  殷夫(1909—1931),原名徐白,又名白莽,浙江象山人。共产党员,作家。1930年3月中国左翼作家联盟成立,他即加入。1931年1月在上海被捕,2月7日在龙华被害。遗著有《殷夫诗文集》。

解读

  在革命烈士的遗作中,殷夫的这首《别了,哥哥》独具特色。无疑,革命者首先是情感真切丰富的人,手足之情会永远让他们难忘,让他们眷恋,让他们在抉择告别时难免伤感,想起哥哥的那些好而泪光闪动……然而,"这不能留住我不向你告别,我不能不向别方转变"。殷夫的哥哥当时是国民党政府的航空署长,兄弟间实质上是一场人生观念的对话:哥哥想让弟弟过安逸生活,乃至荣华富贵,这是人之常情,决非恶意;对此弟弟理解,而且感念,但弟弟现在渴求的是永恒真理,劳苦群众的呼号震动着他的心灵。哥哥的担心不安是自然的,这条路的确是危崖荆棘,冰雹风雪,死亡等候;但弟弟要做希腊神话中的那个巨人普罗米修士,给人间带来光明,用热的心火把冰雪消溶。我们兄弟还会见面吗?弟不得不与你告别,再相见就会在阶级斗争的战场上。手足之情的珍重与革命者的坚定意志,这二者的交织感人至深。

赵博生1首

革命精神歌

先锋！先锋！
热血沸腾，
先烈为平等牺牲，
作人类解放救星。
侧耳远听，
宇宙充满饥饿声，
警醒先锋，
个人自由全牺牲。
我死国生，
我死犹荣，
身虽死精神长生，
成功成仁，
实现大同。

作者简介

　　赵博生(1897—1933)，河北黄骅人。1931年加入中国共产党,同年12月24日,他和董振堂率领国民党第二十六路军在宁都举行起义,起义后成立红军第五军团,赵博生任参谋长兼十四军军长。1933年1月在江西黄狮渡反"围剿"战斗中壮烈牺牲。

解读

这首《革命精神歌》洋溢着为人类解放而奋勇当先、冲锋陷阵的深沉关切和诚挚热情。"侧耳远听,宇宙充满饥饿声",革命者凝视着天下苦难的神态,呼之欲出;"警醒先锋,个人自由全牺牲",民众的饥寒交迫,就是唤醒他们的号角;"我死国生,我死犹荣",简短有力的句子,传递出内在的决心。

邓中夏1首

胜　利

那有斩不除的荆棘？
那有打不死的豺虎？
那有推不翻的山岳？
你只须奋斗着，
　　猛勇的奋斗着；
持续着，
　　永远的持续着。
胜利就是你的了！
胜利就是你的了！

作者简介

　　邓中夏(1894—1933)，湖南宜章人。1922年在中共第二次全国代表大会上被选为中央委员，曾任中国劳动组合书记部主任、中国社会主义青年团中央组织部长、全国总工会执行委员、中共江苏省委书记、中共广东省委书记、全总驻赤色工会国际代表、赤色工会国际执行委员。1933年5月在上海被捕，10月在南京雨花台就义。

解读

  从事伟大的革命事业,革命者自然抱着希望它胜利的强烈热情,也自然会亲身感受和经历着仿佛无边黑夜一样的艰难险阻和巨大压力。邓中夏的这首《胜利》,开头就连用三个反问句,既面对横亘在革命者面前的"荆棘""豺虎"和"山岳",更强调这些东西没有斩不除的!没有打不死的!没有推不翻的!让人们想起古往今来激励人心的那些名言"有志者,事竟成","世上无难事,只怕有心人","只要功夫深,铁杵磨成针"。这些质朴的人生道理,突出着人的主体力量,讴歌人的奋发有为,有着强大的逻辑力量,用在对人们革命斗志的勉励上,说服力和感染力扑面而来。"你只须奋斗着——猛勇的奋斗着;持续着——永远的持续着,胜利就是你的了!"

吉鸿昌 1 首

就 义 诗

恨不抗日死,
留作今日羞。
国破尚如此,
我何惜此头。

作者简介

　　吉鸿昌(1895—1934),河南扶沟人。1932年入党。1933年任察绥民众抗日同盟军第二军军长。1934年11月在天津被捕,英勇就义。

解读

　　据说,烈士的这首名作,是在就义的刑场上,用树枝写在地面上的。生命就要结束了,自己这一生,率领一支武装力量,三番五次地发动兵变,目的就是要救民救国。努力已尽,眼前是执枪行刑的士兵,仰望天空,眺望茫茫大地,自己这一辈子活得值吗?想一想,有深深的眷恋,有几分遗憾,有摇头叹息的无奈,更有意志如钢的执着和不屈。祖国的这片泥土上,刻上了烈士的心声,洒下了他无边的爱。

瞿秋白1首

赤 潮 曲

赤潮澎湃,
晓霞飞涌,
惊醒了
五千余年的沉梦。

远东古国,
四万万同胞,
同声歌颂
神圣的劳动。

猛攻,猛攻,
捶碎这帝国主义万恶丛!
奋勇,奋勇,
解放我殖民世界之劳工,
无论黑,白,黄,无复奴隶种!

从今后,福音遍天下,
文明只待共产大同。
看!
光华万丈涌。

作者简介

瞿秋白(1899—1935),江苏常州人。中国共产党早期领导人之一。1922年加入中国共产党,曾任中共中央书记。1934年红军主力长征后,留在根据地坚持斗争。1935年4月25日在福建长汀被国民党逮捕,同年6月从容就义。遗著有《瞿秋白文集》。

解读

瞿秋白被关押狱中时,狱医为人还不错,瞿秋白赠给他一幅自己的照片,并在照片上题写了这样两句话:"如果人有灵魂的话,何必要这个躯壳! 但是,如果没有的话,这个躯壳又有什么用处?"肉体生命与灵魂信仰的依存关系,盘旋在此时他的脑中。他的一生,的确是把信仰和信念作为生命引导的。这首他发表于1923年《新青年》季刊第一期并配有曲谱的歌词《赤潮曲》,就表达了他对自己革命信念的乐观。"赤潮澎湃,晓霞飞涌,惊醒了五千余年的沉梦",这是一幅黎明降临、打破黑暗、充满生机的感人画面;远东古国的四万万同胞,信仰劳工神圣的社会主义,大家一齐猛攻,来捶碎帝国主义的万般罪恶! 而且,作者还放眼世界:要解放殖民地世界的所有劳工,无论什么肤色,都不再做奴隶。共产主义大同世界的文明,必将如正在冉冉升起的一轮红日,光华万丈涌!

何叔衡 1 首

诗 一 首

身上征衣杂酒痕,
远游无处不消魂。
此生合是忘家客,
风雨登轮出国门。

作者简介

何叔衡(1875—1935),湖南宁乡人。1921年7月与毛泽东一道,作为湖南代表出席在上海召开的中共"一大"。第一次国内革命战争以后,党派他去苏联学习。回国后在中央苏区工作,曾任中央工农民主政府工农监察人民委员。1934年中央红军长征,他留在根据地坚持斗争。1935年2月在福建长汀水口附近突围时牺牲。

解读

南宋诗人陆游有过一首《剑门道中遇微雨》:"衣上征尘杂酒痕,远游无处不消魂。此身合是作者未?细雨骑驴入剑门。"

骑驴走在蜀道上,要到成都去做参议的陆游,路上遇到了小雨。雨丝扑在脸上,颇有几分凉意,衣服也濡湿了。看看四周雨中的剑门景色,低头看看这身风尘仆仆、前襟染有酒痕的衣服,他禁不住问自己了:我这辈子真就是位诗人了?这样一个天气,这样一种方式,这样一种心绪,逶迤一路,竟走入剑门关了!1928年赴莫斯科学习的作者,途经东北哈尔滨时,想起了陆游的这首名作。征尘酒痕,细雨消魂,同样是旅途触发了某种深沉的人生感受,但七百年后的何叔衡,感受到的却是"此生合是忘家客,风雨登轮出国门"——自己这辈子必定是一个舍家救国的天涯行路人,在这样一种风雨交加、革命形势危急的时刻,被派到莫斯科去学习了。

刘伯坚1首

带 镣 行

带镣长街行,
蹒跚复蹒跚,
市人争瞩目,
我心无愧怍。

带镣长街行,
镣声何铿锵,
市人皆惊讶,
我心自安详。

带镣长街行,
志气愈轩昂,
拼作阶下囚,
工农齐解放。

    1935年3月11日由大庚县狱中
   带脚镣经大街移囚绥署候审室

作者简介

　　刘伯坚(1901—1935),四川平昌人。曾在法国和比利时勤工俭学。1922年加入中国共产党,两次赴苏联学习,曾任中央工农民主政府执行委员、红军第五军团政治部主任。1934年红军长征后,留在根据地坚持斗争,1935年3月在战斗中受伤被俘牺牲。

解读

　　被敌人从监狱中押送着去受审,途经一条街市。戴着脚镣,行走蹒跚,镣声丁当作响,引起了路人好奇围观。处在人们疑惑探究目光中的作者,完全不同于一般的囚徒,油然而生的是一种自信和自豪:"市人争瞩目,我心无愧怍;市人皆惊讶,我心自安详。"从事革命事业的底气,使他不但心地坦然,更有一种要在敌人示威的这个场合中展示革命者人格力量的豪气:"带镣长街行,志气愈轩昂,拼作阶下囚,工农齐解放。"刘伯坚烈士的这首名作,是戴镣长街行之后而写,但当年街市上围观的民众,一定早已从他坦然凛然的面容神色上,感受到了如同镣声般铿锵的信念力量和人格魅力。

方志敏1首

诗一首

敌人只能砍下我们的头颅,
决不能动摇我们的信仰!
因为我们信仰的主义,
乃是宇宙的真理!

为着共产主义牺牲,
为着苏维埃流血,
那是我们十分情愿的啊!

作者简介

方志敏(1900—1935),江西弋阳人。1923年加入中国共产党。曾任闽浙赣省苏维埃政府主席、红十军政治委员。1934年率领红军抗日先遣队北上。1935年1月在与国民党军队作战中被捕。同年8月6日在南昌被害。遗著有《可爱的中国》《狱中纪实》等。

解读

  这首诗见于烈士的遗著《狱中纪实》,应当是他狱中写的。诗的语言很质朴,是典型的以诗明志:敌人能做的无非是砍下我们的头颅,不可能做到的是动摇我们的信仰;因为我们信仰的主义,乃是宇宙的真理,为它而流血牺牲,"那是我们十分情愿的啊!"最后一句由衷感慨,充满了诚挚,感人肺腑。

陈松山 1 首

革命的"铁砧"

共产党人意志坚,
赴汤蹈火我当先,
严刑拷打何足畏,
"铁砧"美名万古传。

作者简介

　　陈松山,1936 年前后被国民党反动派逮捕,关在江西莲花九都坊监狱里,不久被杀害。

解读

　　这首烈士诗的写作和流传,都是因为一个"铁砧"的背景。被关押在江西莲花县狱中的共产党人,无论敌人采取什么手段,都坚贞不屈,审讯者在给自己上司的报告中,无奈地说:"共产党员诚属'铁砧',用尽重刑亦无济于事。"陈松山知道敌人的这种说法后,自豪地写下了这首诗,人们也因此而记住了这首诗。的确,敌人因恼怒和无可奈何而想到的这个比喻,奇特但十分贴切。费尽心机,采用百般手段欲压垮革命者却一无所获的刑讯拷问者,看到自己的那些皮鞭、烙铁和刑架在这些人身上竟然不起作用,会很自然地想到铁砧。铁很坚硬,但烧红后放在铁砧上使劲锤打,它还是会屈服变形的;但铁锤下面那块硕大铁砧,却是无论怎样敲击,怎样锤打,都巍然屹立,坚如磐石。用钢铁来形容革命者都不够了,只有铁砧才能比拟革命者的钢铁意志。

赵一曼 1 首

滨江抒怀

誓志为国不为家,
涉江渡海走天涯。
男儿岂是全都好,
女子缘何分外差?
一世忠贞兴故国,
满腔热血沃中华。
白山黑水除敌寇,
笑看旌旗红似花。

作者简介

赵一曼(1905—1936),女,原名李坤泰,四川省宜宾县人。著名抗日英雄。1926 年加入中国共产党,同年 11 月入武汉中央军事政治学校学习,1927 年 9 月去莫斯科中山大学学习。1932 年春被派到东北地区工作,更名为赵一曼,先后在奉天(沈阳)、哈尔滨领导工人斗争。后任东北人民革命军第三军一师二团政委。1935 年 11 月,在珠河与日军作战时受伤被俘,受尽酷刑,1936年8月2日牺牲于珠河县(今天的尚志市)小北门外,年仅三十一岁。

解读

　　赵一曼烈士在担任东北人民革命军团政委时,有"红马白枪女政委"之称誉,可见在白山黑水的东北大地上,这位武装抗日的女英雄是何等英姿飒爽。这位当年在宜宾女子中学读过书的战士,采用自己较为熟悉的律诗形式,抒发在黑龙江畔抗日救国的情怀。"誓志为国不为家,涉江渡海走天涯",写了革命者以革命战场为家的豪迈;"男儿岂是全都好,女子缘何分外差",更突出了革命者不分性别,女性同样杰出的志向;日军知道从赵一曼口中得不到有用的情报,决定把她送回珠河县处死示众。8月2日,赵一曼被押上去珠河县的火车,她知道日军要杀害她了,此时,她想起了远在四川的儿子,她向押送的警察要了纸笔,给儿子写了一封催人泪下的遗书:"母亲对于你没有能尽到教育的责任,实在是遗憾的事情。母亲因为坚决地做了反满抗日的斗争,今天已经到了牺牲的前夕了。希望你,宁儿啊!赶快成人,来安慰你地下的母亲!在你长大成人之后,希望不要忘记你的母亲是为国而牺牲的!""白山黑水除敌寇,笑看旌旗红似花",结尾两句,豪迈中流露了女性的柔美气质,为全诗染上了一位女烈士的生命印记。

吕大千 1 首

狱 中 遗 诗

时代转红轮,
朝阳日日新;
今年春草除,
犹有来年春。

作者简介

吕大千(1909—1937),黑龙江宾县人。1933年加入中国共产党。曾任中共宾县特别支部宣传委员、书记等职。1937年5月因组织遭破坏,被捕入狱。同年7月被日寇杀害于哈尔滨圈河。

解读

这位抗日烈士的狱中遗诗,可能会让人联想到唐代诗人白居易的那首名作:"离离原上草,一岁一枯荣。野火烧不尽,春风吹又生。"吕大千的这首作品,基调更是昂扬,写出了烈士对时代进步、抗战必胜的乐观信念。"时代转红轮,朝阳日日新",

囚禁在日寇的黑牢里,他脑中浮现着每天那轮新的太阳;辽阔原野现在可能是干枯了,但来年必定是茫茫苍苍的无边春草。

杨靖宇 1 首

东北抗日联军第一路军军歌

我们是东北抗日联合军，
创造出联合军的第一路军。
乓乓的冲锋杀敌缴械声，
那就是革命胜利的铁证。

正确的革命信条应遵守，
官长士兵待遇都是平等。
铁般的军纪风纪要服从，
锻炼成无敌的革命铁军。

亲爱的同志们团结起，
从敌人精锐的枪刀下，
夺回来失去的我国土，
解放亡国奴的牛马生活！

英勇的同志们前进呀！

赶走日寇推翻"满洲国"。
这一次的民族革命战争，
要完成弱小民族的解放运动。

高悬在我们的天空中，
普照着胜利军旗的红光。
冲锋呀，我们的第一路军！
冲锋呀，我们的第一路军！

作者简介

　　杨靖宇（1905—1940），河南确山人。1927年加入中国共产党。曾任中共豫南特委书记。1929年由中共中央派赴东北工作，曾任哈尔滨市委书记、满洲省委代理军委书记，1936年春任东北人民抗日联军第一军军长兼政委，1936年6月任东北抗日联军第一路军总司令兼政委。1940年2月在蒙江与日军作战中壮烈牺牲。

解读

　　"九一八"事变后，东北人民的抗日斗争始终在坚持。1932年前后，南满有一支游击队逐渐壮大起来。为了加强党的领导，中共满洲省委调杨靖宇前往吉林磐石担任南满游击队的政治委员，这支游击队逐渐发展，编为东北抗日联军第一路军。担任军长兼政委的杨靖宇，为自己的这支队伍写了这首军歌。军歌既是作者自己理想信念的写照，同时又是一支军队的精神坐标。"我们是东北抗日联合军，创造出联合军的第一路军。乒乓的冲锋杀敌缴械声,那就是革命胜利的铁证",听到这样的嘹亮军歌,战士们会是意气风发;"正确的革命信条应遵守,官长士兵待遇都是平等。铁般的军纪风纪要服从,锻炼成无敌的革命铁军",听到这样的明确说明,战士们更加懂得这支队伍的性质;"高悬在我们的天空中,普照着胜利军旗的红光。冲锋呀,我们的第一路军!"军歌,是一支队伍的军魂。在高昂的军歌声中,杨靖宇率领的这支部队,冲杀在硝烟弥漫的抗日战场上!

张自忠 1 首

诗 一 首

谁许中原与乱兵？
未死总负报国名。
会有青山收骸骨，
定教鸟兽祭丹心。

作者简介

张自忠（1891—1940），字荩忱，山东临清人。杰出的抗日爱国将领，国民党第 33 集团军总司令，于 1940 年 5 月 16 日在枣宜会战中壮烈殉国，是中国军队在抗战中牺牲的职务最高的将领，也是第二次世界大战反法西斯阵营五十余国中战死的最高军队将领。

解读

1939 年夏，张自忠在重庆记者采访时，曾对自己的字号"荩忱"这样解说："'荩忱'即忠臣，如今民国，没有皇帝，我们当兵的，就要精忠报国，竭尽微忱，故名'荩忱'。"还说："华北沦陷，我以负罪之身,转战各地,每战必身先士卒,但求一死报国。他日流血沙场,马革裹尸,你们始知我取字'荩忱'之意!"他的这首诗,正是这番心迹的写照:中华大地,岂能允许寇兵作乱?只要我人不死,就一定要承担报国的义务;青山原野自会收殓我战死的尸骨,一定要用那些鸟兽来祭奠这颗丹心。1940年5月初,日军以十五万兵力对湖北随枣、宜昌地区第五战区的中国军队发起全面进攻,战斗异常激烈,张自忠左臂受伤,但仍继续指挥战斗,不幸身中六发机关枪子弹,胸部洞穿,壮烈牺牲。张自忠殉国的消息传来,举国悲恸。其灵柩运往重庆时,沿途群众夹道路祭。灵柩运到重庆时,蒋介石率全体军政委员前往码头迎接,并为之举行了国葬,后又追晋他为陆军上将。延安各界也举行了隆重的追悼会,毛泽东、周恩来、朱德分别题写了挽联。周恩来赞扬他说:"忠义之志,壮烈之气,可以为我国抗战军人之魂!"军人之魂,铁血丹心,这首严肃悲壮之作,体现的正是爱国军人的本色。

黄诚1首

亡 命

茫茫长夜欲何之?
银汉低垂曙尚迟。
搔首徘徊增愧感,
抚心坚毅决迟疑。
安危非复今朝计,
血泪拼将此地縻。
莫谓途难时日远,
鸡鸣林角现晨曦。

作者简介

　　黄诚(1914—1941),河北安次人。在"一二·九"学生运动中曾任清华大学学生会主席、北平学联主席,不久加入中国共产党,后参加新四军,曾任新四军总政治部秘书长。1941年"皖南事变"中被俘,牺牲于上饶集中营。

解读

　　这诗题为《亡命》,是作者 1936 年 2 月当国民党党部派人闯入清华大学搜捕进步同学时所作。这样一个茫茫长夜到哪里去呢？夜正深,还不到天亮的时候。反复思考人生道路到底应该怎么走,最终下定决心不再迟疑。生命的安危都不去考虑了,把自己的血泪奉献给这片苦难深重的大地。别说路途艰难天亮尚早,雄鸡已鸣晨曦已现,光明就在前面。一位二十二岁的青年大学生,在生死存亡、人生抉择的关键时刻,内心真实的思考过程,下定决心的坚毅乐观,都在诗中显示出来了。

陈法轼 1 首

狱 中 诗

磊落生平事，
临刑无点愁。
壮怀犹未折，
热血拼将流。
慷慨为新鬼，
从容作死囚。
多情惟此月，
再照雄心酬。

作者简介

　　陈法轼（1917—1942），贵州贵阳人。1939 年加入中国共产党。曾积极参加贵州邮电职工运动。1941 年 11 月被捕，1942 年 6 月 20 日在贵阳被害。

解读

　　这又是一首狱中的坦荡豪气之作！在人生的尽头，作者回顾一生,一是坦荡磊落,没有什么个人放不下的事情,可以从容就义;二是壮志未酬,一腔热血,死也不甘。"多情惟此月,再照雄心酬",今晚的月亮落下,明天还会升起,一轮明月之下,一定会有革命理想实现,烈士壮志得到酬报的那一天。

王凌波1首

诗 一 首

相识各年少，
而今快白头。
前途正艰巨，
拔剑断横流。

作者简介

  王凌波（1889—1942），湖南宁乡人。1925年加入中国共产党。1927年长沙"马日事变"后，曾两次被捕入狱，始终不屈。抗日战争爆发以后，担任八路军驻湘通讯处主任兼新四军驻湘办事处主任。1940年国民党发动反共高潮，将他武装"押送出境"。同年，他调至延安，担任行政学院副院长。1942年6月3日，因患脑充血症急救无效，不幸逝世。

解读

  这首诗，作者写于1940年，是给自己妻子的答诗。这年作者五十一岁生日时，同为革命战友的妻子送他一首诗："风雨结同舟,依依约白头。任凭潮浪险,相与渡横流。"此时抗日战争正处在艰苦阶段,国民党又不断制造反共事件,局面很严峻,妻子赠诗表达夫妻之爱和同志之勉。丈夫的答诗,也深情回顾两人由年少相识走到今天的几近白头。然而,革命夫妻的相濡以沫、同甘共苦、永结同心,并不限于通常的"执子之手,与子偕老",在一份普通人的真挚和美丽情感之中,更有"相与渡横流""拔剑断横流"的革命信念和斗志。

林基路 1 首

囚 徒 歌

我噙泪低吟民族的史册,
一朝朝,一代代,
但见忧国伤时之士,
赍志含忿赴刑场。
血口獠牙的豺狼,
总是跋扈嚣张。

哦！民族,苦难的亲娘！
为你那五千年的高龄,
　已屈死了无数的英烈。
为你那亿万年的伟业,
　还要捐弃多少忠良！
铜墙,困死了报国的壮志,
黑暗,吞噬着有为的躯体,
镣链,锁折了自由的双翅,
这森严的铁门,囚禁着多少国士！

豆萁相煎,便宜了民族仇敌。
无穷的罪恶,终要叫种恶果者自食,
难闻的血腥,用嗜血者的血去洗。

囚徒,新的囚徒,坚定信念,贞守立场!
砍头枪毙,告老还乡;
严刑拷打,便饭家常。
囚徒,新的囚徒,坚定信念,贞守立场!
掷我们的头颅,奠筑自由的金字塔,
洒我们的鲜血,染成红旗,万载飘扬!

作者简介

林基路(1916—1943),广东台山人。1935年加入中国共产党。曾任新疆学院教务长、库车县县长。1942年被盛世才逮捕,1943年牺牲于新疆狱中。

解读

这首囚徒之歌,由两种情感凝聚而成。一方面,面对祖国的苦难历史和今天依旧危急的局势,他发出了深沉的"天问":我们的民族,为什么总有那么多的不幸,总要付出那么多的牺牲?"哦!民族,苦难的亲娘!为你那五千年的高龄,已屈死了无数的英烈。为你那亿万年的伟业,还要捐弃多少忠良!"另一方面,当牺牲作为必需的代价落到自己身上时,噙泪低吟就转变为高亢的信念宣布:"新的囚徒,坚定信念,贞守立场!掷我们的头颅,奠筑自由的金字塔,洒我们的鲜血,染成红旗,万载飘扬!"历史视野的苍凉之感,与现实斗争中的担当勇气,融为一体。

郁达夫 1 首

无 题

草木风声势未安,
孤舟惶恐再经滩。
地名末旦埋踪易,
楫指中流转道难。
天意似将颁大任,
微躯何厌忍饥寒?
长歌正气重来读,
我比前贤路已宽。

作者简介

郁达夫(1896—1945),浙江富阳人。著名文学家。抗日战争时,在香港、南洋群岛一带从事抗日宣传活动。新加坡沦陷后,流亡苏门答腊。1945 年 9 月被日本宪兵杀害。

解读

现代文学名家郁达夫的旧体诗成就斐然,佳作甚多,而这首

《无题》是他抗日活动的身影勾勒和言志抒怀。日军侵入，局势危急，到处风声鹤唳。末旦这样一个苏门答腊的小地方，藏身较为容易，但想到东晋祖逖渡长江，中流击楫，发誓恢复中原，自己要转道回国从事抗日，困难就大多了。天意是否要将重任落到自己头上，这样的苦心志、劳筋骨、饿体肤又算得什么？再读一遍《正气歌》吧，比起前贤文天祥的被虏下狱，自己的处境已经好多了。心情诚挚，身姿鲜活，一位著名文学家在民族解放战争中的真切身影呼之欲出！

陈辉 1 首

为祖国而歌

我,
埋怨,
我不是一个琴师。
祖国呵,
因为
我是属于你的,
一个大手大脚的
劳动人民的儿子。
我深深地
深深地
爱你!
我呵,
却不能,
像高唱马赛曲的歌手一样,
在火热的阳光下,
在那巴黎公社战斗的街垒旁,

拨动六弦琴丝,
让它吐出
震动世界的,
人类的第一首
最美的歌曲,
作为我
对你的祝词。
我也不会
骑在牛背上,
弄着短笛。
也不会呵,
在八月的禾场上,
把竹箫举起,
轻轻地
轻轻地吹;
让箫声
飘过泥墙,
落在河边的柳阴里。
然而,
当我抬起头来,
瞧见了你,
我的祖国的
那高蓝的天空,
那辽阔的原野,
那天边的白云

悠悠地飘过，
或是
那红色的小花，
笑眯眯的
从石缝里站起。
我的心啊，
多么兴奋，
有如我的家乡，
那苗族的女郎，
在明朗的八月之夜，
疯狂地跳在一个节拍上，
……
我的祖国呵，
我是属于你的，
一个紫黑色的
年轻的战士。
当我背起我的
那枝陈旧的"老毛瑟"，
从平原走过，
望见了
敌人的黑色的炮楼，
和那炮楼上
飘扬的血腥的红膏药旗，
我的血呵，
它激荡，

有如关外
那积雪深深的草原里，
大风暴似的，
急驰而来的，
祖国的健儿们的铁骑……
祖国呵，
你以爱情的乳浆，
养育了我；
而我，
也将以我的血肉，
守卫你啊！
也许明天，
我会倒下；
也许
在砍杀之际，
敌人的枪尖，
戳穿了我的肚皮；
也许吧，
我将无言地死在绞架上，
或者被敌人
投进狗场。
看啊，
那凶恶的狼狗，
磨着牙尖，
眼里吐出

绿色莹莹的光……

祖国呵,

在敌人的屠刀下,

我不会滴一滴眼泪,

我高笑,

因为呵,

我——

你的大手大脚的儿子,

你的守卫者,

他的生命,

给你留下了一首

崇高的"赞美词"。

我高歌,

祖国呵,

在埋着我的骨骼的黄土堆上,

也将有爱情的花儿生长。

1942年8月10日,初稿于八渡

作者简介

陈辉(1920—1945),湖南常德人,1937年入党,1938年到延安,然后赴晋察冀边区,历任县委委员、区委书记、涞涿县武工队政委。1945年2月8日,陈辉被叛徒出卖,一百多名日伪军把他围困在涿县韩村。他顽强抗击,拉响了最后一颗手榴弹,壮烈牺牲,年仅二十四岁。

解读

　　陈辉既是英雄烈士,也是一位出色的新诗人,从1939年到1945年,在六年的频繁战斗中,他写下了长短诗万行以上,代表作品收入著名诗人田间为他编的诗集《十月的歌》。他的诗,用诗人独特的感觉来写,场面和细节那样富有表现力,读者被带入一个诗意世界中,而这个诗意世界又是那般由衷地浸透着爱国挚情:我不是一个琴师,我只是你一个大手大脚的劳动人民的儿子,我深爱着你,却不能像高唱《马赛曲》的歌手一样,在火热的阳光下,在巴黎公社战斗的街垒旁,拨动六弦琴丝,让它吐出人类第一首最美的歌曲;我也不会骑在牛背上,弄着短笛;不会在八月的禾场上,把竹箫举起,轻轻地吹,让箫声飘过泥墙,落在河边的柳阴里;然而,当我抬起头来,瞧见了祖国那高蓝的天空,那辽阔的原野,那天边的白云悠悠地飘过,我的心啊,多么兴奋……我背起那枝陈旧的"老毛瑟"枪,从平原走过,望见敌人的黑色炮楼,望见炮楼上飘扬的血腥的红膏药旗,我的血呵,它激荡,如同关外积雪深深的草原里,风暴般急驰而来的祖国健儿的铁骑……诗人眼前浮现着这一幅幅画面,为了民族解放事业,他深情地唱出:"祖国呵,在埋着我的骨骼的黄土堆上,也将有爱情的花儿生长。"

李少石 1 首

寄 内

一朝分袂两相思,
何日归来不可期。
岂待途穷方有泪?
也惊时难忍无辞。
生当忧患原应尔,
死得成仁未足悲。
莫为远人憔悴尽,
阿湄犹赖汝扶持。

作者简介

　　李少石(1906—1945),广东新会人。第一次国内革命战争时期加入中国共产党,曾在香港海员工会、江苏省委宣传部工作。1934年被捕,1937年始被释放,在重庆中共南方局外事组工作,1945年10月8日不幸遇难逝世。

解读

　　"寄内"是写给妻子(内子、内人)的诗。作者给分别已久的妻子写诗,不由得想起了唐代诗人李商隐的名句"君问归期未有期",从事革命工作,自己的归期也是难定。又想起晋朝那位阮籍,坐车出外,碰到路走不通时,便痛哭回来,但自己哪要等到路绝时才伤心呢,看到祖国的苦难,早已是热泪盈眶,忍不住一腔愤慨。活着就承受这份忧患,死则是取义成仁;不必为我挂心悲伤,我们的女儿还靠你来抚养长大啊。一位知识分子共产党人,给自己的妻子写这样的诗,其儒雅渊博,其意笃情真,其心忧天下,交织在这一纸诗笺中。

王麓水 1 首

挽李大钊烈士联

社会历史原空白，
你一笔，
我一笔，
写到悠长无纪极。

壮士烈士皆鲜红，
这几点，
那几点，
造成全球大光明。

1927 年春

作者简介

　　王麓水(1913—1945)，江西萍乡人。原是萍乡煤矿工人，1932 年加入中国共产党，后参加红军，经历长征，任八路军军区政委。1945 年 12 月，在山东滕县战斗中牺牲。

解读

  1927年,作者在萍乡南溪高小读书,在追悼李大钊烈士的大会上,他朗诵并写出了这首挽联。对联的内容和格律要求,这位十四岁的聪慧少年掌握住了;利用对联形式所提供的对仗思维和思路延伸,他又把自己小小年纪就已知要义的唯物史观和革命信念传递出来。

李兆麟 1 首

露营之歌

一

铁岭绝岩,林木丛生,
暴雨狂风,荒原水畔战马鸣。
围火齐团结,普照满天红。
同志们,锐志哪怕松江晚浪生!
起来哟,果敢冲锋!
逐日寇,复东北,天破晓,光华万丈涌!

二

浓荫蔽天,野雾弥漫,
湿云低暗,足溃汗滴气喘难。
烟火冲空起,蚊吮血透衫。
兄弟们,镜泊瀑泉唤起午梦酣。

携手吧！共赴国难，
振长缨，缚强奴，山河变，万里息烽烟。

三

荒田遍野，白露横天，
野火熊熊，敌垒频惊马不前。
草枯金风疾，霜沾火不燃，
战士们，热忱踏破兴安万重山。
奋斗呀！重任在肩，
突封锁，破重围，曙光至，黑暗一扫完。

四

朔风怒吼，大雪飞扬，
征马踟蹰，冷风侵人夜难眠。
火烤胸前暖，风吹背后寒，
壮士们，精诚奋发横扫嫩江原！
伟志兮！何能消减，
全民族，各阶级，团结起，夺回我河山。

作者简介

李兆麟（1908—1946），辽宁辽阳人。曾任东北抗日联军第六军政治部主任、抗联第三路军总指挥。抗日战争胜利后，担任滨江省副省长、中共北满分局委员。1946年3月9日在哈尔滨被国民党特务暗杀。

解读

  李兆麟率领抗联六军在绥滨一带沼泽地带活动时,遇到极大的困难。为了避开敌人的优势兵力,他们不得不涉过四十五里水深没膝的沼泽。这首《露营之歌》,是他和几位战友合作,在沼泽地带写就的。铁岭绝岩,林木丛生,暴雨狂风,荒原水畔,浓荫蔽天,野雾弥漫,湿云低暗,朔风怒吼,大雪飞扬……极端恶劣的环境,写实感极强,不是亲身经历者绝写不出来;草枯金风疾,霜沾火不燃,烟火冲空起,蚊吮血透衫,足溃汗滴气喘难,敌垒频惊马不前……抗联战士在这种环境中的跋涉和生存,如同随队拍摄的纪实一样,那样真切,尤其是"火烤胸前暖,风吹背后寒"两句,白雪皑皑,寒风呼啸,抗联战士围着篝火取暖的场景,如同一幅油画,我们仿佛看到了他们脸上的坚毅神色,听到了他们内心回响着的歌声:"突封锁,破重围,曙光至,黑暗一扫完。"

叶挺 1 首

囚　歌

为人进出的门紧锁着，
为狗爬出的洞敞开着，
一个声音高叫着：
——爬出来吧，给你自由！

我渴望自由，
但我深深地知道——
人的身躯怎能从狗洞子里爬出！

我希望有一天
地下的烈火，
将我连这活棺材一齐烧掉，
我应该在烈火与热血中得到永生！

作者简介

　　叶挺(1896—1946)，字希夷，广东惠阳人。1924 年赴苏联东方劳动大学与军事学校学习。1925年回国。第一次国内革命战争时期,曾任国民革命军独立团团长、二十四师师长、十一军军长。1927年先后参加南昌起义和广州起义。抗战时任新四军军长。1941年皖南事变时被国民党逮捕。1946年3月始获自由。4月8日自重庆飞返延安,因飞机失事遇难。

解读

  这首诗是叶挺写在囚禁自己的重庆渣滓洞集中营楼下第二号牢房的墙壁上。功勋卓著的北伐名将,新四军的一军之长,岂会把那种要用尊严来换取的"自由"放在眼里?"为人进出的门紧锁着,为狗爬出的洞敞开着,一个声音高叫着:——爬出来吧,给你自由!"这首名作的气势在于,基于作者的蔑视,趾高气扬、施舍"自由"的敌人,反而变成了他居高临下的俯视对象。蔑视之后,是大气磅礴的宣告:"人的身躯怎能从狗洞子里爬出!我希望有一天,地下的烈火,将我连这活棺材一齐烧掉,我应该在烈火与热血中得到永生!"它本身也如同烈火一样,感染读者热血沸腾。

关向应1首

征　途

月色在征尘中暗淡,
马蹄下迸裂着火星。
越河溪水,
被踏碎的月影闪着银光,
电火送着马蹄,
消失在熹微的灯光中。

作者简介

关向应(1902—1946),满族,辽宁金县(今大连市金州区)人。1925年加入中国共产党,曾任红二方面军政治委员、八路军一二〇师政治委员。1946年7月病逝于延安。

解读

这不是一首叙述战斗或就义的作品,也不是直接抒怀言志,写的是革命军队在一个月夜急行军的身影。作者饶有诗意地剪取了征途上的几个细节场面:马队疾驰,踏起的征尘遮盖了月色,马蹄下迸裂着火星;骑兵从溪水中冲过,水面变成闪着银光的破碎月影;急促的马蹄声,一串串的火星溅起,一支奇兵消失在若隐若现的灯火中。月色溪水的宁静美妙,抗日队伍的星夜奔驰,二者的奇特结合,触发了作者的灵感,成就了这首别具一格的诗。

罗世文 1 首

诗 一 首

故国山河壮,
群情尽望春;
"英雄"夸统一,
后笑是何人?

1946年10月18日

作者简介

罗世文(1904—1946),四川威远人。1925年加入中国共产党。曾任中共川西特委书记、四川省委书记、八路军成都办事处主任、新华日报成都分社社长。1940年在成都被国民党逮捕,1946年10月在重庆白公馆监狱被害。

解读

这是烈士临难前在白公馆牢中朗诵的一首诗,是一首豪情之作,也是一首讽刺之作。祖国山河一片壮丽,人民大众都盼望着解放的春天,所谓的"英雄"曾夸口要"统一全国",但真正笑到最后的到底是谁呢？言简意赅,充满自信,就义的烈士吟诵着这样的诗,含笑走向刑场。

闻一多1首

一 句 话

有一句话说出就是祸,
有一句话能点得着火。
别看五千年没有说破,
你猜得透火山的缄默?
说不定是突然着了魔,
突然青天里一个霹雳
爆一声:
"咱们的中国!"
这话教我今天怎么说?
你不信铁树开花也可,
那么有一句话你听着:
等火山忍不住了缄默,
不要发抖,伸舌头,顿脚,
等到青天里一个霹雳
爆一声:
"咱们的中国!"

作者简介

  闻一多(1899—1946)，原名闻家骅，湖北浠水人。诗人，学者，民主战士。历任武汉大学、山东大学、清华大学、西南联合大学教授。1945年为中国民主同盟会委员兼云南省负责人、昆明《民主周刊》社长。1946年7月15日在悼念被暗杀的李公朴的大会上，发表了著名的《最后一次演讲》，当天下午即被昆明警备司令部下级军官枪杀，儿子也身受重伤。此次事件被史家称为国共内战在舆论民意上转折的关键。作品有《闻一多全集》。

解读

  这是一首名作，是中国现代新诗的突出代表。闻一多曾经说过："作者主要的天赋是爱，爱他的祖国，爱他的人民。"这种强烈深沉真挚的爱，可以化为《死水》那样的激愤之语，正话反说；也可以变成这样的火辣表达。"有一句话说出就是祸，有一句话能点得着火。"黑暗对民意进行着压制，民众也在沉默中积蓄巨大力量。"别看五千年没有说破，你猜得透火山的缄默？"纵览五千年历史的开阔视野，沉默火山的形象比喻；"说不定是突然着了魔，突然青天里一个霹雳"，"等火山忍不住了缄默，不要发抖，伸舌头，顿脚"，有意突出的爆发感，"发抖，伸舌头，顿脚"的活灵活现，作者有意采用老百姓日常说话的口语形式，但音韵之谐美、形象之鲜活、情感之真挚，显示出它决非随口吟出的平庸之作，而是精心推敲的高质量作品。"你不信铁树开花也可，那么有一句话你听着……等到青天里一个霹雳爆一声：'咱们的中国！'"为了这个"咱们的中国"，作者在"历史上没有一个反人民的势力不被人民毁灭的！……我们不怕死,我们有牺牲的精神！我们随时像李先生一样,前脚跨出大门,后脚就不准备再跨进大门！"的正义斥责中直面死亡。朱自清曾写诗这样赞颂他:"你是一团火,照亮了魔鬼;烧毁了自己！遗烬里爆出个新中国！"

续范亭 1 首

哭 陵

赤膊条条任去留,
丈夫于世何所求?
窃恐民气摧残尽,
愿把身躯易自由。

作者简介

　　续范亭(1893—1947),山西崞县(今定襄)人。早年加入同盟会,曾任国民军第三军第六混成旅旅长、国民军军政学校校长等职。1936 年西安事变以后,响应中国共产党的号召,回山西推动抗日救亡运动。曾任山西新军总指挥、晋绥边区行署主任、晋绥军区副司令员。1947 年病逝于山西临县,遗书请求加入中国共产党,经中共中央批准追认为正式党员。遗著有《续范亭诗文集》。

解读

　　作者此诗写于 1935 年。日本帝国主义侵入华北,续范亭深感民族危机严重,赴南京呼吁抗日,但国民党政府顽固坚持"攘外必先安内"的方针,他悲忿至极,在南京拜谒中山陵时写下这首《哭陵》诗,并在陵前剖腹自戕,要求抗日。"赤膊条条任去留,丈夫于世何所求?"同所有杀身成仁、舍生取义者一样,他也把自己的肉体生命看得很轻;"窃恐民气摧残尽,愿把身躯易自由",担心的是民气被政府的这种消极态度所摧残,我宁愿用身躯来唤起自由!在表明心迹的《告民众书》中,他说:"余今已绝望,故捐此躯,愿同胞精诚团结,奋起杀敌。"

杨虎城 1 首

诗 一 首

西北大风起,
东南战血多。
风吹铁马动,
还我旧山河。

作者简介

　　杨虎城(1892—1949),陕西蒲城人。曾参加辛亥革命,1917 年任陕西靖国军第五路司令,1935 年任西安绥靖公署主任、陕西省政府主席。1936 年和张学良一起,发动"西安事变",后被蒋介石逼令出国。抗战爆发后回国,被蒋介石长期监禁。1949 年 9 月 6 日,杨虎城与幼子、幼女,秘书宋绮云夫妇及幼子,遇害于重庆歌乐山戴公祠。

解读

　　这是一首典型的军人豪迈之作,抒发一位爱国将领在国家多事之秋的慷慨情怀。"西北大风起,东南战血多",身为西北人的作者,1911即参加陕西民军与清军作战,1915年率众参加陕西护国军,1925年任国民军陕北总指挥,始终在西北大地上叱咤风云;而在祖国的东南,也是军阀连年战争;"风吹铁马动,还我旧山河",战火纷飞的动荡岁月,朔风吹得屋檐下铁片撞击作声,一位热血军人的职责就是南宋抗金名将岳飞书写的那四个大字"还我河山"!杨虎城遇害后,中共中央1949年12月16日致杨虎城家属的唁电中指出:"杨将军的英名,将为全国人民所永远纪念。"

陈然1首

我的"自白"书

任脚下响着沉重的铁镣,
任你把皮鞭举得高高,
我不需要什么自白,
哪怕胸口对着带血的刺刀!

人,不能低下高贵的头,
只有怕死鬼才乞求"自由";
毒刑拷打算得了什么?
死亡也无法叫我开口!

对着死亡我放声大笑,
魔鬼的宫殿在笑声中动摇;
这就是我——一个共产党员的自白,
高唱凯歌埋葬蒋家王朝。

作者简介

陈然(1923—1949),河北大名人。抗日战争初期加入中国共产党。1947年曾任中共重庆市委领导的地下刊物《挺进报》的特支书记。1948年4月被捕,1949年10月28日被害。

解读

陈然同志被捕以后,被囚于重庆渣滓洞监狱,受尽酷刑,但始终不屈。敌人逼迫他写"自白书",他严词拒绝,以此诗作答。铁镣和皮鞭不能让作者写敌人所期待的"自白",但一位革命者的勇气和良心却因此而得到强烈彰显:"人,不能低下高贵的头,只有怕死鬼才乞求'自由';毒刑拷打算得了什么?死亡也无法叫我开口!"意志的碰撞,激情的迸发,让作者跃上了一种精神的升华:"对着死亡我放声大笑,魔鬼的宫殿在笑声中动摇;这就是我——一个共产党员的自白,高唱凯歌埋葬蒋家王朝。"

何敬平 1 首

把牢底坐穿

为了免除下一代的苦难,
我们愿——
　　愿把这牢底坐穿!
我们是天生的叛逆者,
我们要把这颠倒的乾坤扭转!
我们要把这不合理的一切打翻!
今天,我们坐牢了,
坐牢又有什么稀罕?
为了免除下一代的苦难,
我们愿——
　　愿把这牢底坐穿!

1948 年夏于渣滓洞

作者简介

何敬平(1918—1949),四川巴县人。共产党员。曾在重庆电力公司工作。1948 年 4 月被捕,被囚于重庆渣滓洞集中营,

1949年重庆解放前夕牺牲。

解读

"我们愿——愿把这牢底坐穿！"这是坚毅，是韧性，是我不入地狱谁入地狱的大担当；同时，又是自信，是底气，是深知这牢底可以坐穿——这监牢一定会被打碎的必胜信念。坚忍和信心构成了这首名作内在的感染力和说服力。这首诗是作者1948年被捕后不久所作，并且谱成了歌曲，深为狱中难友喜爱，有力地鼓舞了大家的斗志。事实证明着他的这种信念。这年正月初一，他和难友在狱中成立"铁窗诗社"；秋天，解放大军节节胜利，进逼西南，虽然烈士们在听到胜利炮声的时候被杀害，但黑牢不是终被他们坐穿了吗?!

余祖胜1首

晒 太 阳

太阳倾泻在石头上,
温暖着我的身躯,
呵,这也触犯了吸血鬼的法律!
"哼!不讲羞耻!"
眼珠翻滚,
怒目瞪瞪。

在这人和兽混居的城堡里——
　道德、法律、武力、金钱……
　全是吃人的野兽!
春天,是强盗们的,
穷人永远生活在冬天里。
愤怒地站在石头上,
我要回答——
　总有一天,我们将
　站在这个城堡上,

高声宣布：

太阳是我们的！

1947年3月9日

作者简介

　　余祖胜(1926—1949)，江西湖口人。共产党员。1948年被捕，被囚于重庆渣滓洞集中营。1949年重庆解放前夕牺牲。

解读

　　"晒太阳"，生活中再常见不过的事情了，"太阳倾泻在石头上，温暖着我的身躯"。然而，这样一个朴实的命题，作者却赋予人之生存权利的哲理和正义要求：晒太阳，"呵，这也触犯了吸血鬼的法律！……春天，是强盗们的，穷人永远生活在冬天里"。是的，"总有一天，我们将站在这个城堡上，高声宣布：太阳是我们的！"这让人想起多少年后中国一位著名诗人发出的有力宣告："阳光，谁也不能垄断！"当人民解放军进军西南的喜讯传到狱中，余祖胜收集了许多牙刷胶柄，刻成一百多个五角星，分送战友，迎接胜利。他知道，人民大众身心舒畅"晒太阳"的时代即将到来。

蓝蒂裕 1 首

示 儿

你——耕荒,
我亲爱的孩子;
从荒沙中来,
到荒沙中去。

今夜,
我要与你永别了。
满街狼犬,
遍地荆棘,
给你什么遗嘱呢?
我的孩子!

今后——
愿你用变秋天为春天的精神,
把祖国的荒沙,
耕种成为美丽的园林!

1949 年 10 月就义前夜

作者简介

蓝蒂裕(1916—1949),重庆梁平县人。人称蓝胡子,出身贫苦,1938年在万县师范学校求学时加入中国共产党。1948年12月被捕,被囚禁于渣滓洞监狱。1949年10月28日遇害于重庆大坪刑场。

解读

作者是狱中"铁窗诗社"的成员,这首诗,是他临刑前在渣滓洞楼上六号牢房留交同志,转给他的孩子的遗嘱。《示儿》这个标题,让人想起南宋诗人陆游那首名作:"死去元知万事空,但悲不见九州同。王师北定中原日,家祭勿忘告乃翁。"作者给自己孩子起了个意味深长的名字——耕荒。父亲是在"耕荒"——在"满街狼犬"之时犁除"遍地荆棘",今夜,他给孩子留下的遗嘱还是"耕荒":"今后——,愿你用变秋天为春天的精神,把祖国的荒沙,耕种成为美丽的园林!"在生命的尽头,给自己的孩子留下什么话呢?回荡在古今爱国者内心的,都是对这个父母之邦、这片生他养他的土地的眷恋和祝福,是让孩子热爱这片土地、奉献于这片土地的叮嘱。

文泽 1 首

告 别

黑夜是一张丑恶的脸孔,
惨白的电灯光笑得像死一样冷酷。
突然,一只粗笨的魔手,
把他从噩梦中提出。

瞪着两只大眼,定一定神,
他向前凝望:
一张卑鄙得意的笑脸,
遮断了思路。

立刻,他明白了,
是轮次了,兄弟,不要颤抖,
大踏步跨出号门——
他的嘴咧开,轻蔑地笑笑:
"呵,多么拙笨的蠢事,
在革命者的面前,

死亡的威胁是多么无力……"

记着,这笔血债,

兄弟们一定要清算:记着,血仇。

呵,兄弟,我们走吧,

狗们的死就在明朝!

血永远写着每个殉难者的"罪状"——

第一,他逃出了军阀、土豪、剥削者的黑土;

第二,他逃脱了旧社会屠场的骗诈、饥饿;

第三,他恨煞了尘世的麻痹、冷漠、诬害;

第四,他打碎了强盗、太监、家奴、恶狗加给祖国的枷锁;

第五,他走上了真理的道路,向一切被迫害、被愚弄的

    良心摇动了反抗的大旗……

呵,兄弟,你走着吧!勇敢地走着吧!

呵,兄弟,记住我们战斗的信条:

假如是必要,你就迎上仇敌的刺刀。

但是真理必定来到,这块污土就要燃烧。

刽子手轻轻拍拍他的肩膀,

他,突然发出了一声冷笑。

一转身,他去了。

呵,兄弟,

不用告别,每一颗心都已知道!

呵,快天亮了,这些强盗狗种都已颤栗、恐慌,

他们要泄忿、报复,灭掉行凶的见证,

他们要抓本钱,然后逃掉。

但是你听着:狗们不能被饶恕,

血仇要用血来报!

1949年11月大屠杀之夜于白公馆

作者简介

　　文泽(1918—1949),四川合川人。新四军政治干部。1941年1月"皖南事变"时被捕,先后囚于上饶、息烽、重庆白公馆集中营,长达八年,1949年重庆解放前夕牺牲。

解读

　　《告别》是作者留下的唯一遗作,由越狱脱险同志携出。在1949年11月27日于白公馆松林坡就义之前,他已经用诗的语言勾勒出这一时刻:惨白的电灯光下,一只粗笨的魔手,把自己从噩梦中提出,面前是一张卑鄙得意的笑脸,他立刻明白,是轮到自己的时候了。这不是意料之中的事吗?不是自己义无反顾的选择吗?"兄弟,不要颤抖,大踏步跨出号门","在革命者的面前,死亡的威胁是多么无力……"殉难者用鲜血书写了自己反抗黑暗压迫、寻求真理光明的"罪状";"刽子手轻轻拍拍他的肩膀,他突然发出了一声冷笑。一转身,他去了";还需要告别吗?"兄弟,不用告别,每一颗心都已知道!呵,快天亮了。"大屠杀之夜,杀戮凶神已然叩门,写出这般壮烈的情怀,而且还能写得如此场面传神、形象鲜活,可见,情感的炽热也是佳诗的动力。

蔡梦慰 1 首

黑 牢 诗 篇

禁锢的世界,手掌般大的一块地坝,
箩筛般大的一块天;
二百多个不屈服的人,
锢禁在这高墙的小圈里面,
一把将军锁把世界分隔为两边。
空气呵,日光呵,水呵……
成为有限度的给予。
人,被当作牲畜,长年地关在阴湿的小屋里。
长着脚呀,眼前却没有路。
在风门边,送走了迷惘的黄昏,
又守候着金色的黎明。
墙外的山顶黄了,又绿了,多少岁月呵!
在盼望中一刻一刻地挨过。
墙,这么样高!枪和刺刀构成密密的网。
可以把天上的飞鸟捉光么?
即使剪了翅膀,鹰,

曾在哪一瞬忘记过飞翔？
连一只麻雀的影子从牛肋巴窗前掠过，
都禁不住要激起一阵心的
跳跃。
生活被嵌在框子里，
今天便是无数个昨天的翻版。
灾难的预感呀，
像一朵乌云时刻地罩在头顶。
夜深了，人已打着鼾声，
神经的末梢却在尖着耳朵放哨；
被呓语惊醒的眼前，
还留着一连串噩梦的幻影。
从什么年代起，监牢呵，
便成了反抗者的栈房！
在风雨的黑夜里，
旅客被逼宿在这一家黑店。
当昏黄的灯光从帘子门缝中投射进来，
映成光和影相间的图案；
英雄的故事呵，人与兽争的故事呵……
便在脸的圆圈里传叙。
每一个人，每一段事迹，
都如神话里的一般美丽，
都是大时代乐章中的一个音节。
——自由呵，苦难呵……
是谁在用生命的指尖弹奏着

这两组颤音的琴弦?

鸡鸣早看天呀!一曲终了,

该是天晓的时光。

作者简介

蔡梦慰(1924—1949),四川省遂宁人。他出身贫苦,酷爱文学。1945年参加了民盟。1947年5月,他到重庆主持"现代书局",书局被查封后,又办起了"重庆文城出版社",并结识了中共重庆市委工运负责人,和地下党同志们一道,进行《挺进报》的秘密散发工作,文城出版社也很快成为地下党的秘密联络点。1948年5月被捕,被关押于渣滓洞,1949年11月27日牺牲。

解读

作者是狱中"铁窗诗社"发起人之一,在狱中用竹签当笔,烧几团破棉絮,得到黑灰调水为墨,写下了著名的《黑牢诗篇》:"禁锢的世界,手掌般大的一块地坝,箩筛般大的一块天……送走了迷惘的黄昏,又守候着金色的黎明。墙外的山顶黄了,又绿了,多少岁月呵!……夜深了,人已打着鼾声,神经的末梢却在尖着耳朵放哨;被呓语惊醒的眼前,还留着一连串噩梦的幻影。"然而,"墙,这么样高!枪和刺刀构成密密的网。可以把天上的飞鸟捉光么?即使剪了翅膀,鹰,曾在哪一瞬忘记过飞翔?连一只麻雀的影子从牛肋巴窗前掠过,都禁不住要激起一阵心的跳跃……自由呵,苦难呵,是谁在用生命的指尖弹奏着这两组颤音的琴弦?鸡鸣早看天呀,一曲终了,该是天晓的时光。"黑牢囚徒们的那个世界——现实的和精神的,被描绘得这样细微、这般真切、这么深入。

宋绮云 1 首

歌 一 首

青山葱葱,
绿水泱泱,
今日之别,
敢云忧伤?
日之升矣!
其将痛饮于东山之上!!

1947 年 3 月 1 日

作者简介

宋绮云(1904—1949),江苏邳县人。1926 年入黄埔分校,加入中国共产党,后任中共邳县县委书记。1939 年回杨虎城旧部第四集团军任少将参议。1941 年被捕,关押在白公馆监狱内。1949 年重庆解放前夕与杨虎城一起被秘密杀害。

解读

这首诗歌是作者 1947 年送友人梅含章出狱时所作。梅含章为国民党将领,因不满蒋介石独裁统治被关在白公馆,与宋绮云同监。在宋的帮助下,为党做了一些工作。梅出狱时,宋写一首长诗送他。这首是写在《送含章同学赴金陵序》一文的结尾。诗主体采用质朴典型的四言,以"青山葱葱,绿水泱泱"的明丽景色作为送别的背景,蕴含着对友人的祝福,对美好自由的怀想,甚至还含有对明日必将获得解放的含蓄期待,所以,"今日之别,敢云忧伤?"最后,以太阳升起,祝酒痛饮的高潮来结束这首送别短歌:"日之升矣!其将痛饮于东山之上!!"

知识链接

【文学常识】

一、革命烈士

革命烈士是指那些在人民革命斗争、保卫祖国或社会主义建设事业中壮烈牺牲的人。凡辛亥革命以来,为革命事业与抗日而阵亡和死难的人员,均可称为革命烈士。

二、革命烈士诗歌

革命烈士诗歌是我们民族有着独特历史价值和审美意义的宝贵精神财富,它们是中国现代党史、军史、革命战争史和诗歌史极为重要和珍贵的组成部分。这些诗中许多都是绝笔诗:有的是用牙刷柄在监狱的墙壁上刻写,有的是用树枝在雪地上划出,有的是用烟灰写在纸烟盒上悄悄带出,有的是在赴刑场的路上高声朗诵……读着这些感人肺腑的诗歌,看着这些年轻英武的脸庞,我们强烈感受到,这些用鲜血写成的诗,传播着革命的真理,开掘出了真正的生命内涵。烈士诗歌中所表现出来的强烈的时代性和为之奋斗的理想境界的高度统一,证实了好诗离不开时代、离不开人民。烈士们是不应该被遗忘的,特别在今天飞速发展的开放的社会中,他们所体现出来的关于理想、奋斗、信念、意志等高尚情操,是需要一代代传承下去的。

【要点提示】

这些为中国人民解放事业英勇献身的革命烈士的诗歌或直抒革命胸臆,或宣传革命真理,或记叙战斗人生,或记录民众疾苦,字里行间洋溢着昂扬的革命乐观主义精神,表现了革命烈士视死如归的革命气节和坚定的共产主义信念,具有深邃的文化思想内涵和珍贵的历史文献价值。

革命烈士诗歌具有不可替代的文献价值。它是活的历史,是历史赐予生活在和平岁月的一代代人们的生动教材。它是新中国得以产生和来之不易的证明。它留下了一个个英名,它昭示我们红色政权的历史是由无数英雄和平民的生命写成的。

革命烈士诗歌还具有重要的文本和艺术价值。它是生命在关键时刻迸溅出的火花,是最高境界的诗。这里,无论旧体、新体、民间歌谣体、格律诗、自由诗,都是蘸着理想的热血写就的好诗,都值得我们反复吟咏。

重读革命烈士诗歌,会引发我们关于诗歌、诗人和诗的生命的思考。当我们忽略了诗歌的本质首先是要感染人的时候,革命烈士诗歌会从一个特殊的角度给我们以有力的提醒;当我们的诗人忘记了作诗首先要做人的时候,革命烈士诗歌是一个个意味深长的符号,让我们看到生命绽放的一束束花朵。

【学习思考】

一、革命先烈坚贞不屈的革命灵魂,坚定不移的革命信念和甘为共产主义献身的革命精神,是否打动了你?你是怎样理解的?

二、请你带着感情朗读革命烈士的诗歌,体会诗歌所表达的思想感情、精神境界和革命的生死观。

(李建洛 编写)